COLLECTION FOLIO

René Depestre

Éros dans un train chinois

NEUF HISTOIRES D'AMOUR ET UN CONTE DE SORCIER

Gallimard

René Depestre est né en 1926 en Haïti. À dix-neuf ans, il publie ses premiers poèmes, *Étincelles*. Il anime une revue, *La Ruche,* qui, à l'occasion de la venue d'André Breton à Port-au-Prince, publie un numéro spécial interdit par le dictateur Lescot. Depestre est incarcéré. Il joue un rôle dans l'effervescence populaire qui chasse le dictateur, mais un comité exécutif militaire prend le pouvoir et le jeune poète part en exil. D'abord en France, ensuite à Cuba où il va passer vingt ans. En 1978, il revient à Paris et travaille à l'Unesco comme attaché, d'abord au cabinet du directeur général, puis au secteur de la culture pour des programmes de création artistique et littéraire. En 1986, il prend sa retraite pour se consacrer entièrement à la littérature et s'installe à Lézignan-Corbières (Aude).

Son œuvre poétique suit, dans son inspiration, les tribulations de sa vie personnelle, d'Haïti à Cuba. Il a aussi produit des œuvres critiques, *Pour la révolution pour la poésie* (1974) et *Bonjour et adieu à la négritude* (1980). Il a traduit en français des œuvres marquantes de la littérature cubaine, en particulier celles de Nicolas Guillen. Mais c'est surtout à la fiction qu'il s'est consacré ces dernières années, avec les nouvelles d'*Alléluia pour une femme-jardin* (1981) et les romans *Le mât de cocagne* (1979) et *Hadriana dans tous mes rêves* (1988). La joie de vivre caraïbe, la sensualité, l'érotisme solaire, le surréalisme vaudou, une langue qu'on savoure comme un fruit exotique caractérisent ces œuvres que le prix Renaudot a récompensées en 1988.

« Le Saint Ciel est ivre de pénétrer le corps de la Terre! »

Eschyle.

« Que nous ont-ils donc fait, ces organes, pour qu'on n'en puisse parler simplement? »

Jean Paulhan.

« Heureux les pays où les dieux font l'amour! »

Étiemble.

FAISANE DORÉE

1

A sept heures chaque matin, à deux heures l'après-midi, à six le soir, avec la ponctualité d'un train en Suisse, elle me téléphonait du hall de l'hôtel.

— Illustre hôte, bonjour. C'est votre interprète. Êtes-vous prêt?

— Bonjour, Xiluan [1]. Je descends.

Dès le troisième jour, aussitôt en sa compagnie je lui reprochai le ton cérémonieux qui d'entrée de jeu servait à me tenir prudemment à distance.

— Écoutez, camarade Xiluan, faites-moi un plaisir, voulez-vous?

— Lequel, illustre hôte?

— Ne m'appelez pas ainsi.

— Est-ce de la chinoiserie?

— Pas du tout. Ce n'est strictement pas la vérité. Je me sens complice d'une usurpation de titre.

— N'êtes-vous pas un poète célèbre?

— En Occident, j'ai moins d'un millier de lecteurs,

1. Xiluan : Faisane dorée d'heureux augure.

en tout et pour tout. Pas un seul Chinois n'a lu un de
mes poèmes. Illustre inconnu serait plus juste.

— Votre modestie vous honore, illustre hôte. Oh!
excusez-moi, camarade... comment dire?

— René simplement.

— La révolution interdit de prendre la familiarité
avec les hôtes étrangers.

— Dans ce cas, monsieur Depestre est ce qui
convient.

— Ça jamais, les messieurs commencent en face, à
Taiwan!

— Appelez-moi camarade, tout court, entre copains
de même idéal...

— Ne vous arrive-t-il pas de m'appeler Faisane
dorée?

— Ce n'est pas pareil. Primo : c'est tout à fait vrai.
Secundo : c'est l'aile la plus adorable de votre grâce de
jeune fille. Me voyez-vous traduire à chaque fois in
extenso Xiluan? « Quel joyeux programme proposez-
vous ce soir, Faisane dorée d'heureux augure? » Ou
bien : « A quelle heure demain le train pour Shanghai,
Faisane dorée d'heureux augure? »

— Oh! illustre hôte! mon nom fait drôle en français,
dit-elle, en ajoutant à l'éclat de sa chair celui de ses
dents de femme-jardin.

D'une province à l'autre, le rite de ma visite obéis-
sait à un schéma rigoureusement préfabriqué et
immuable. On introduisait Xiluan et moi dans un
salon décoré de banderoles rouges avec des inscriptions commémoratives, des diplômes et des ex-voto de
la révolution suspendus aux murs aux côtés des por-
traits de Mao et de Liu Shaoqi. On prenait place

autour d'une table chargée de tasses, de boîtes de cigarettes et de friandises. Tout en buvant le thé vert
j'écoutais Xiluan traduire l'exposé de la situation que
faisait un cadre du Parti.

Après, venait l'inspection des lieux. Celle-ci termi-
née on revenait à notre point de départ du salon. Cette
fois on m'offrait la possibilité d'exprimer mes impressions, de poser des questions et même de formuler des
critiques et des suggestions. Dans ces conditions je
visitai des usines, ateliers, coopératives, écoles, labora-
toires, instituts, crèches, asiles de vieillards, d'anciens
lupanars changés en maisons de la culture et toutes
sortes d'ouvrages en chantier : tunnels, barrages,
ponts, voies ferrées, etc.

On me fit admirer aussi des parcs, des palais, des
pagodes. Les soirées étaient consacrées au théâtre, à
l'opéra, au ciné. Deux fois par semaine j'étais invité à
un banquet offert par des notables du Parti ou du
Gouvernement dans la localité provinciale qu'on visi-
tait. Xiluan maniait en virtuose l'art de faire tourner la
conversation autour d'un sujet unique : *la-pensée-
maozédong-en-action*.

Cette année-là sa force diffuse, son don d'ubiquité,
sa crue épique dans les communes populaires, portaient le nom sacré de Grand-Bond-En-Avant.
Comparée à cet élan d'espérance la cour que je faisais
à mon interprète était un saut maladroit de hanne-
ton...

Plus d'une fois il arriva à Xiluan et moi d'être en
tête à tête au restaurant, au spectacle, ou durant des
moments de flânerie dans les rues. Je déployais alors
des trésors de rouerie pour l'attirer dans une conversa-

tion à bâtons rompus. Je faisais tomber la pluie et le beau temps sur nos propos, à grand renfort de lieux communs et de banalités. Mais la Faisane dorée rompait avec grâce le cercle des familiarités. Imperceptiblement elle les rabattait vers un thème grave de l'actualité ou vers quelque épisode éclatant du passé.

C'était un jeu pour elle de soumettre les rythmes de mon cœur au calendrier lunaire encore en usage dans les provinces qu'on traversait. Sa verve était intarissable sur les traditions familiales, les habitudes mentales, la vitalité des vieilles racines de la société paysanne. En l'écoutant évoquer les anciennes coutumes ou les mœurs des temps présents, tantôt j'étais un agriculteur qui cultivait la terre tout en fabriquant des outils aratoires; tantôt un soldat rouge qui savait confectionner des mines artisanales ou tisser la toile des uniformes de la VIIIᵉ Armée de route.

Xiluan frotta aussi mon corps à la médecine traditionnelle, à la pharmacopée végétale et minérale, à la moxibustion comme à l'acupuncture. A ses côtés j'appris également à compter à l'aide d'un boulier et je me suis surpris souvent à parler le français à sa manière : avec de courtes phrases, chacune induite de la précédente, comme les perles du légendaire collier de ses charmes...

2

La soirée du 26 janvier 1961 nous trouva à l'avant-dernière étape de mon séjour en Chine. A bord de l'express Nankin-Canton, Xiluan et moi, après un dîner délicat et bien arrosé, nous étions sagement assis dans un compartiment de wagon-lit. Depuis les cinq semaines qu'on était ensemble dix-sept heures sur vingt-quatre, pour la première fois, face à ses appas, je cédais à l'envie de donner libre cours à ma fantaisie.

J'attribuai à ses yeux bridés une magie plutôt espagnole. Ses seins étaient de fière race italienne. Ses fesses ? Seulement à La Havane j'en avais vu de semblables prospérer hardiment le samedi après-midi, à l'angle des rues San-Rafaël et Galiano, chez les femmes métisses, noires, blanches, qui roulaient sous le soleil-lion la même impatience africaine. Quel métier à métisser avait été à l'œuvre au jardin doré de ma Faisane ? L'interrogation devait remplir de feu nourricier mon regard, car Xiluan rompit le silence avec une vivacité inaccoutumée.

— Illustre hôte, voulez-vous écouter un conte ?

– Lequel ?

– L'histoire de l'étincelle qui mit le feu à toute une prairie. « Il était une fois, commença-t-elle, une poignée de jeunes gens qui s'étaient mis en tête qu'ils étaient capables, s'ils le voulaient, d'allumer la Chine entière à l'étincelle de leurs idées. »

Xiluan m'embarqua dans un récit plus captivant que ma convoitise de sa chair. Elle transmua en légende les faits les plus étincelants de la vie chinoise des quarante années précédentes. Son talent de conteuse se mit à jongler avec le temps, l'espace, la trame des événements qui, de 1919 à 1961, avaient bouleversé les travaux et les jours de son pays. Sous ses doigts de fée le sang de mon érection s'égara dans les dunes du rêve : je redevins, à mon corps défendant, le garçon des soirées de Jacmel qui était suspendu, bouche bée, au don d'émerveillement de sa mère.

Xiluan m'introduisit dans le cercle des jeunes intellectuels des années 20 : Li Dazhao, Chin Duxiu, Mao Zédong, Li Lisan, Zhou Enlai, Liu Shaoqi. Elle me fit partager leur fièvre. En leur compagnie je descendis dans les rues des grandes cités pour manifester avec des étudiants ou pour constituer des piquets de grève avec des ouvriers. Je conspuai le traité de Versailles. Je criai à tue-tête des slogans antijaponais. Je participai en « illustre hôte » au Ier Congrès national du Guomindang.

Je fus présenté à Sun Yat-sen l'après-midi d'automne où il créa l'Académie militaire de Juangpu avec le jeune Zhou Enlai comme chef de son département politique. Le 12 mars 1925, je suivis le cortège funèbre qui accompagna le père de la patrie à sa dernière demeure. Quelques mois après, à Nankin, je fus témoin du massacre qui fit couler à flots le sang dans les rues.

Ensuite je pris part à trois guerres révolutionnaires. De février à mars 1927, je fus l'un des membres de l'expédition du Nord conduite par Tsiang Kiaichek, avant mon ralliement à Zhou Enlai lors des soulèvements armés pour le contrôle de Shanghai. En avril 27 je vis avec consternation le Guomindang liquider sans pitié les milices ouvrières, les syndicats, les forces populaires de la grande ville industrielle. Xiluan me sauva in extremis la vie en déplaçant ma fascination des villes vers les campagnes les plus reculées de la Chine, en direction des bases de « guérilla révolutionnaire ».

Un matin gris de 1931, je vis naître la « République des soviets chinois » qui s'opposa farouchement au Gouvernement légal de Nankin, dominé par le Guomindang. Trois ans plus tard avec ces mêmes soviets je basculai dans la débâcle lorsque les troupes de Tsiang nous encerclèrent de partout.

Alors, d'octobre 1934 à novembre 1935, Xiluan me fit revivre les péripéties de la Longue Marche. Dans les rangs de la VIIIe Armée de route commandée par Mao et Chu Teh, sur un parcours de neuf mille kilomètres, je traversai à pied des milliers de pics et de rivières, des plateaux torrides et des montagnes enneigées. J'essuyai des bourrasques de pluies glacées et des tempêtes de sable brûlant. Une torche de bois-pin résineux à la main je franchis d'interminables marais. Je pataugeai à mi-corps dans l'eau et la boue en manquant cent fois d'y laisser mes os.

Le temps fort de notre aventure, ce fut la traversée du pont Luting, sur le fleuve Tatou. Le détachement de guérilleros auquel on appartenait, Xiluan et moi, fut la cible d'un raid meurtrier de l'aviation. Complètement à découvert au flanc d'une colline déboisée on crut arrivée notre dernière heure. L'explosion d'une bombe de mille kilos à proximité de nos positions nous projeta en l'air dans un tourbillon roux de pierres et de terre en furie. A ma reprise de connaissance, j'entendis la voix de la jeune fille.

— Illustre hôte, *la-pensée-maozédong* est avec nous!
— Ainsi soit-il! devais-je crier.

Toutes les planches du pont qu'on avait à franchir étaient détruites. On pouvait voir à plus de cent mètres en dessous un gouffre hérissé de rocs tranchants où rugissait un torrent aux cent têtes de dragons. L'ordre était de gagner coûte que coûte la rive opposée. Par un froid sibérien, on se mit à serpenter au long des câbles et des poutres métalliques, sous la mitraille des avions de notre ancien compagnon de route. Devant moi, à moins de un mètre, la croupe « cubaine » de ma Faisane ondulait, incendiaire, au-dessus de l'abîme, pour m'ouvrir le chemin. Les mains en sang, l'esprit en compote, je parvins à traverser le pont des diables taoïstes.

La parole illuminée de Xiluan m'entraîna ensuite dans la guerre contre le Japon. Je me vis en train de participer à des opérations de harcèlement en arrière des lignes japonaises. Un jour de septembre, par un automne éclatant, j'eus droit à mon baptême de feu nippon, au défilé de Pingsinkian, quelque part au nord de la province de Shansi. Huit mois plus tard, dans la province de Jopei, au lieu dit Sifeng, Xiluan et moi, on échappa de justesse à une patrouille adverse qui nous avait surpris à la tombée de la nuit, à la sortie d'un bois.

Les années suivantes, je continuai à subir les épreuves de plusieurs autres campagnes contre les deux sortes d'ennemis : le Guomindang et le Japon, avant de suivre mon interprète à l'aéroport de Yunan où on alla applaudir Mao à son départ pour Chungching où il devait négocier la paix avec Tsiang Kiaichek. Mais il nous fallut deux autres années de guerre civile pour faire irruption, le 1er octobre 1949, sur la place Tien'An'Men, dans la foule en liesse qui célébrait la victoire de la révolution...

3

Sans me laisser reprendre mes esprits et mon souffle, Xiluan me fit soudain passer du rêve à la réalité.

– Illustre hôte, un rude emploi du temps nous attend demain à Canton. Il faut faire dodo. Tournez-vous, s'il vous plaît, je vais me déshabiller.

J'obtempérai les yeux fermés à l'injonction. Un bruissement magique commença aussitôt derrière moi. Xiluan a enlevé l'uniforme bleu mao, le soutien-gorge, le slip, les bas, les chaussures. Sa vie était tout, tout, tout nue, nue, nue, à quelques centimètres de mon dos en flammes. Une odeur sauvagine de gingembre infusé avec de la cannelle et du piment envahit la cabine. Trente ans après je fais remonter à l'odeur intime de la Faisane dorée d'heureux augure la perception follement solaire que j'ai à jamais de la nudité féminine.

– Illustre hôte, ça y est!

Elle avait passé un déshabillé superbe, largement fendu sur les côtés, jusqu'à la hanche.

– Je me retourne, illustre hôte, changez-vous.

En un tour de mains tremblantes je quittai mes vêtements. Je mis mon pyjama. Je m'aspergeai d'eau de Cologne. On se retrouva assis de nouveau l'un en face de l'autre. On était un couple en voyage de noces vers le vaste sud ensoleillé de la vie : elle dans sa chemise de nuit jaune à fleurs noires, moi dans mon pyjama grenat acheté chez un chemisier chic de Zurich.

– Illustre hôte, avant le couvre-feu, prendrez-vous une dernière tasse de thé ?

– Avec plaisir, Faisane dorée d'heureux augure !

Elle fit rapidement infuser le thé et remplit nos tasses.

– Au fait, illustre hôte, vous ne m'avez pas donné vos impressions de Nankin.

– Je lui trouve moins de caractère et de charme que Pékin, Hangzhou ou Shanghai. J'ai été ému toutefois par l'allée funéraire qui mène au tombeau des Ming.

– Ah oui, et pourquoi ?

– J'ai aimé qu'on ait célébré dans une double haie de statues à la fois les hommes et les animaux. J'ai aimé aussi jusqu'aux larmes le champ de lotus qui s'étend à perte de vue sur le lac. J'ai imaginé ce que serait une promenade en bateau, au clair de lune...

– Entre le lac et la rive droite du Yang-tzé, dit-elle, on prévoit la construction d'un complexe industriel géant.

– ... d'autant plus, dis-je, que le lotus a une importance considérable dans l'imaginaire chinois, n'est-ce pas ?

– Oui, autrefois sa fleur était le pendule qui réglait le temps des naissances et des renouveaux.

— Dans la Chine ancienne, paraît-il, le lotus, dont la beauté plonge dans des eaux troubles et stagnantes, désignait la vulve idéale, la chinoise * [1] dans tout son éclat!

— ...

— La jeune fille qui possédait un lotus d'or * sous le kimono était sûre de traverser la vie en impératrice même si elle était née dans une chaumière. Qu'est devenu ce symbole dans la révolution?

— *La-pensée-maozédong*, illustre hôte, interprète dans un sens hautement moral la luxuriance du lotus.

— Sa saveur aussi? osai-je dire. (Je succombai à un amalgame insolite.)

— Oui, la saveur de sa racine ajoute à la notion de beauté celle de droiture et de sobriété. Notre révolution a besoin de ces vertus pour terrasser les tigres en papier!

(Dans un second éclair il me passa à l'esprit que l'aventurier * à l'affût dans mon pantalon, mon flambant Éros * occidental, était pour le lotus d'or de Faisane dorée également un tigre en papier *...)

— Et la tige de lotus dans tout ça? demandai-je, désespéré.

— La tige, de même que le double cœur qui pousse sur elle, incarnent l'harmonie du couple prolétariat/paysannerie. Le lotus rouge s'épanouit au-dessus de la mare impérialiste, en pleine lumière spirituelle, dans l'azur de *la-pensée-maozédong*!

Pendant qu'elle outrageait ainsi les dieux de mon

1. Les mots qui désignent les organes sexuels de la femme ou de l'homme, suivis d'un astérisque *, sont répertoriés en fin de volume dans un glossaire érotique qui rappelle quelques-unes des idées reçues autour des aventures de la vulve et du pénis.

sang j'avais les sens braqués sur son lotus d'or. Mon bambou-taoïste-à-neuf-nœuds * était en état d'alerte maximale. Allais-je pouvoir rester maître de son impériale érection ? En guise de réponse mon imagination déguisa soudain Xiluan en un vieux cadre du Parti, vétéran de mille campagnes. Il me faisait visiter une usine textile où l'on métissait *la-pensée-maozédong*, fleur de lotus aux abois, avec le tigre exaspéré de mon désir.

Aussitôt j'eus en face de ma rage le masque d'un cardinal du Sacré Collège : il me rappela sévèrement à la foi catholique et apostolique de mon enfance. A peine évanoui mon confesseur romain, j'eus affaire à un capitaine du N.K.V.D. Il voulait que j'avoue un crime que je n'avais pas commis : le viol d'une adolescente dans un kolkhoze biélorussien.

Une fois disparu le spectre policier de Staline je dus affronter *la-pensée-maozédong* en personne : ses yeux rouges de vieux dragon s'étendaient d'une tempe à l'autre, les globes logés dans une cavité orbitaire unique. Étais-je la proie d'une hallucination en série ?

— Illustre hôte, dit Xiluan, nous tombons de sommeil, l'un et l'autre. Permettez-moi d'éteindre. Faites de beaux rêves, dit-elle.

4

A peine endormi, les textes érotiques chinois que je connaissais grâce aux travaux de Robert van Gulik, apparurent dans mes rêves.

« Le Livre Jaune dit : "Ouvrez la Porte * de Vie, embrassez le petit enfant de l'Adepte. Faites jouer ensemble le Dragon et le Tigre, selon les règles imposées par les caresses 3-5-7-9, le Filet terrestre et céleste. Ouvrez la Porte rouge, introduisez la Tige * de Jade. Yang imaginera la mère de Ying blanche comme Jade. Ying imaginera le père de Yang câlinant et l'encourageant de ses mains." »

« Le Yi-King dit : si deux personnes sont du même sentiment, elles sont capables de briser le métal ; si deux personnes parlent dans le même sentiment, leurs paroles auront le parfum de l'orchidée. »

« Le Maître Tong-hsuan dit : une investigation attentive a montré qu'il n'existe que trente positions principales pour consommer l'union sexuelle. A l'exception de détails mineurs ces positions variées et mouvements divers sont fondamentalement les mêmes, et l'on peut dire qu'elles renferment toutes possibilités... Le lecteur intelligent sera capable d'en approfondir la merveilleuse signification jusqu'à son fin fond. »

Pour consommer le coït avec Xiluan dans le wagon-lit du rapide Nankin-Canton mon rêve retint trois des positions qui figuraient parmi l'assortiment fascinant que proposait le vénéré Maître Tong-hsuan :

9. L'union du Martin-pêcheur.

La jeune fille, inclinée sur le dos (dans le sens de la marche du train), saisit de chaque main l'un de ses pieds. Le poète s'agenouille, jambes éployées, et l'enlace par le milieu du corps. Alors il passe la Tige de Jade dans les Cordes ★ de la Lyre, en remuant les reins en nègre né coiffé, à la haïtienne !

11. Les papillons voltigeants.

Couché sur le dos (sens opposé à la marche du train), le poète écarte les jambes. La jeune fille est assise sur lui, les cuisses écartées, le visage tourné vers lui, les pieds posés sur la couchette, elle remue vaillamment, en se soutenant de ses mains. Alors le Pic ★ Vigoureux du poète est enfoncé dans la Précieuse Porte.

24. Le Mégapode ou oiseau de la jungle.

Le poète s'assied, jambes écartées, en tailleur, sur la couchette. Il dit à Xiluan de s'asseoir sur son giron, face tournée vers lui, et il enfonce la Tige de Jade dans la Précieuse Porte. Le poète enlace fortement sa Faisane dorée par le milieu du corps. Il joue fougueusement de la ceinture en fermier enchanté qui pioche son champ à l'automne, en faisant se frotter et

tourner l'un contre l'autre les Pics Hsuan-pou et
T'ieng-t'ing * jusqu'à ce que les deux grandes mon-
tagnes en extase s'écroulent ensemble au séjour des
Immortels [1].

---

1. Deux pics mythiques dont on dit qu'ils font partie des Monts
du K'oen-loen et que l'on donne pour le séjour des Immortels.

5

Le samedi matin qui suivit notre retour à Pékin je compris à la mine réjouie de Xiluan qu'elle avait un secret exceptionnel à partager avec moi. Aurait-elle attendu la veille de mon départ pour m'annoncer la bonne nouvelle du train chinois?

— Illustre hôte, j'ai été réveillée par un coup de téléphone du Comité central. Savez-vous ce qu'on m'a appris?

— Je n'en ai pas la moindre idée.

— Donneriez-vous votre langue au chat?

— Ma vie entière si c'est une chagatte à la chinoise!

— Cet après-midi, à cinq heures, notre Timonier bien-aimé reçoit l'illustre hôte! Les camarades ministres Zhou Enlai, Chu Teh, Chen Yi, seront présents à la réception. Mille félicitations, très illustre hôte!

— Je suis heureux de partager un tel honneur avec vous.

— C'est le plus beau jour de ma vie. Je le dois à vous. C'est la première fois que je vais approcher nos principaux dirigeants. Que ne ferais-je pour vous remercier ?

Elle avait les yeux inondés de larmes. « C'est le moment, pensai-je, de la prendre dans mes bras. Il faut l'emporter dans la chambre. » Mais, plus prompt que mon désir, le masque de *la-pensée-maozédong* avait rejoint son poste de guet en face de moi...

Dans l'un des salons de l'ancien palais impérial nous attendaient les héros de la Longue Marche : Mao Zédong, Chu Teh, Zhou Enlai, Chen Yi. Chu Teh avait dans le ton de la voix une rassurante bonhomie. Les traits de Chen Yi me rappelèrent ceux d'un bouddha qui m'avait attendri une pagode de Hangzhou. Zhou Enlai avait le charme discrètement romantique d'un acteur des premiers films parlants. Quant à *la-pensée-maozédong*, je découvris avec surprise son teint hâlé, son air avenant et bonasse de villageois, avec une verrue de sagesse au menton.

J'avais sous les yeux les paraclets qui voyaient à la place des aveugles, entendaient pour les sourds et interprétaient le silence d'un milliard de muets. A écouter leur parole on eût volontiers cru que leur pouvoir était un nouveau Fils de l'homme occupé seulement à développer chez tous les hommes leur seule faculté d'émerveillement. Mais durant les deux heures que je restai en leur compagnie une pensée devait contrarier ma joie jusqu'à la fin de l'amical entretien : ces chefs suprêmes, tout éclairés qu'ils étaient d'un rire rustique et généreux, s'ils pouvaient empêcher à mon sang de retrouver ses vingt ans au soleil de Xiluan, seraient capables de tout. Comme au royaume de Danemark il y avait quelque chose de pourri dans leur révolution... Ce sentiment ne me quitta pas lorsque Zhou Enlai proposa un toast en mon honneur.

– Illustre hôte, dit-il (à la joie mystique de Xiluan), vous avez laissé partout sur votre passage l'impression d'un poète sincèrement ami de notre pays. Permettez aux poètes que nous sommes tous ici (regard en coin vers un Mao ravi) de lever nos verres à votre santé et à la solidarité des peuples combattants du monde! Kampé!

– Kampé!

Pour la photo-souvenir, Mao me prit affectueusement par le bras et me plaça à sa droite, sous les regards extasiés de Faisane dorée d'heureux augure.

Le lendemain, le dimanche de février à Pékin était très froid, mais adorablement sec et ensoleillé. Le même comité qui m'avait accueilli six semaines auparavant m'accompagna à l'aéroport. Quelques minutes avant le départ un des hôtes me demanda de résumer en un mot mon expérience du séjour. Qu'était-ce pour l'illustre hôte la Chine au moment de prendre congé?

Dans mon kaléidoscope mental tourbillonnaient des milliers d'images de gens et de choses vues: le meilleur le disputait au pire. Au lieu de parler, je sortis de ma serviette la rose que j'y avais dissimulée avant de quitter l'hôtel. Je l'offris tendrement à Xiluan. Elle se rapprocha de moi: sous les yeux ébaubis des bergers de *la-pensée-maozédong* sa bouche de jeune fille effleura d'un léger et lent baiser d'adieu la bouche enflammée du voyageur.

BAOZHU

1

Horreur et honte sur mes yeux de journaliste : cette année-là ils avaient, en état de veille, rêvé que la conque * du pèlerin – et la liberté d'y coller l'oreille pour écouter la mer – était l'une des Cent Fleurs de la révolution chinoise.

Pourtant le soir qui précéda mon départ pour Pékin, mon collègue Anselmo Fonseca, témoin de ma fièvre érotique, avait essayé de la calmer.

– Tu vas au-devant d'une amère déception, me dit-il. A mon arrivée en Chine je rêvais comme toi : en terre inconnue, le mode d'emploi idéal, la meilleure des clefs, c'est la fleur qui brûle, le *chocho* *. J'ai dû vite déchanter. Mao interdit au macho étranger d'ouvrir au lit la boîte-aux-rêves * de la femme chinoise!

– Un Cubain deux ans *sin templar* [1]? c'est pour le livre des records!

– Mon compte était à jour : j'ai eu le sang aux abois sept cent trente-neuf nuits consécutives!

---

1. *Sin templar* : sans forniquer.

– Parmi tant de nanas, quel martyre!

– Saint Sébastien * croulait sous les flèches de l'abstinence! C'était ce sort ou l'expulsion.

– Ce n'est pas croyable. Raconte.

– Une fois, le même dimanche après-midi, j'ai vu reconduire à l'aéroport de Pékin un groupe de neuf correspondants étrangers. Ils étaient trois Italiens, un Yougoslave, deux Allemands de la R.F.A., les envoyés spéciaux de l'A.F.P. et de l'U.P.I., et celui de l'agence Prensa Latina. Ces mâles étaient tous coupables du même délit : ils avaient tenté, la veille au soir, de se faire polir le chinois *... en Chine!

– Que font les boursiers occidentaux?

– Ils se rabattent sur la masturbation. Autrement la police des rêves les remet en cinq sec dans le droit chemin du retour au pays natal.

– Les malheureux!

– J'ai connu à l'hôtel un jeune homme de Salvador de Bahia. Ça faisait cinq ans que Tristão Magalhães n'avait pas baisé. Fou de désir embouteillé, il appelait sa bite * «pauvre camarade Saudade *». Sa grande barbe noire prenait à la lumière des reflets tantôt violets tantôt franchement émeraude. «Ça t'arrive, disait-il, quand dans ta tête le merveilleux con * brésilien que tu as célébré plus que personne se met soudain à t'injurier en pinyin de Pékin!»

– C'est passionnant. Raconte encore.

– J'ai eu aussi comme ami un boursier cubain, José Antonio Amarante. Après trois ans sans donner du bâton *, il n'arrivait plus à se concentrer sur un texte d'économie politique. Il décida de s'ouvrir au responsable du Parti à la Faculté. «Camarade, lui dit-il, j'ai un tempérament plutôt exigeant. Voilà trente-six mois que ma flamberge * n'a pas fait œuvre de chair. Ma matière grise est en grève. Loyal envers la révolution, je voudrais choisir une compagne légitime parmi mes condisciples. Je sollicite pour cela l'autorisation du Parti. » « Félicitations, camarade Amarante, tu es du bois dont on fait les cadres. Reviens me voir demain. Pour sûr, j'aurai une bonne nouvelle pour toi. » José Antonio reprit ses manuels d'étude, transfiguré d'espoir. « Enfin, une *hembra* [1] chinoise dans ses draps. Ce n'était pas trop tôt, *cojones* [2] ! » se dit-il.

« Le lendemain, au soir, il frappa à la porte du commissaire politique. Celui-ci l'accueillit avec un sourire large comme une soucoupe volante. "Cher camarade Amarante, j'ai ce qu'il te faut." L'homme sortit d'un tiroir la plus mignonne boîte en bois laqué de la création. "Tiens, tu prendras un comprimé le matin, un au déjeuner et un avec la dernière tasse de thé de la soirée. L'alumelle * impérialo-bourgeoise te fichera la paix. Bonne chance, camarade ! " Blême et muet d'indignation, José Antonio accepta sans un mot les pilules au bromure de potassium. Ce soir-là il eut au corps de la rage soit pour étrangler quinze disciples du Grand Timonier soit pour décapsuler à la matraque trente-six doux milieux * vierges de l'Empire du Milieu... »

---

1. *Hembra* : femelle.
2. *Cojones* : mes couilles !

Le soir de ces confidences, je mis un temps fou à m'endormir. Des supplices affreux avilirent mon sommeil. Je tombai de rêve tendrement érotique en convulsions de dragon châtré à la faucille. Un prince tartare broyait au marteau mes bibelots japonais. Un grand Khan du temps de Marco Polo aidait un apparatchik de 1960 à verser sur mes plaies génitales du lait de jument coupé de jus de piments-zoiseaux. Anselmo Fonseca avait changé en cauchemar la vision d'un séjour libre et joyeux qui avait présidé à mes préparatifs de voyage en Chine. Mon imagination, vidée de son souffle, suffoquait à plat sur l'oreiller, comme les pneus dégonflés d'un bolide de course.

Mais une fois dans l'avion (vol 669 de l'Aéroflot, Moscou-Irkoutsk-Pékin) mon enthousiasme reprit vivement du poil de la bête-à-deux-dos. Je me dis que j'avais eu tort de prendre pour argent comptant les récits de Fonseca. C'étaient des histoires de dragueurs sud-américains racontées par un trousseur de cotillon de la même tribu.

La Chine disposait d'un fabuleux héritage érotique. Des siècles durant les couples chinois se sont envoyés en l'air, lavés de toute idée de souillure et de péché, propulsés par la bonne combustion de leurs globules rouges. Fidèle à ce passé, la révolution chinoise, pour sûr, doit renvoyer dos à dos les malédictions de tous bords qui frappent l'acte d'amour.

Tandis que l'avion survolait le désert de Gobi l'excitation de mon esprit trouva un trot de petit cheval émerveillé à évoquer le jour où la femme et l'homme pourront partout forniquer à glandes éblouies, sans se prendre l'une et l'autre pour des suppôts de Lucifer ou des héritiers essoufflés du sado-masochisme. D'ici à l'an 2000, tu verras, la femme *vivra* l'homme et l'homme *vivra* la femme comme une fête solaire réciproque.

La femme disposera librement de ses cheveux, ses lèvres, ses seins, ses fesses, sa vive et gourmande chagatte *, tout son éblouissant carquois * de rêves, pour participer avec son partenaire à la célébration du prodige d'exister : un temps de *yin*, un temps de *yang*, merveilleusement, à la chinoise, comme la pluie va éperdument à l'arbre, le ciel ensoleillé au corps des jardins, ce sera un seul *yinyang* à la chair épanouie en courbes joyeuses, à perte de vie et de songe! Tu survoles la terre où ce paradis a commencé...

La voix de l'hôtesse soviétique m'arracha à mon rêve d'amour bienheureux. Elle annonça en russe qu'on allait dans de brefs instants atterrir à l'aéroport international de Pékin. Les passagers étaient priés de bien vouloir attacher les ceintures de sécurité et éteindre les cigarettes.

J'étais invité en secret à étouffer l'incendie qui avait gagné mon sang et durci mon bonheur-des-dames *. Depuis déjà un moment ma voisine de gauche, une jeune maophile italienne, avait bel et bien pris l'hommage pour elle : ses grands yeux mourants de femme-jardin couvaient ardemment le va-et-vient d'horloge de l'hebdomadaire *L'Express,* en équilibre métastable sur mes genoux. Pouvais-je débarquer en R.P.C. en plein état ascensionnel de magie ?

Je me reprochai aussitôt cet accès de pudibonderie si éloigné de mon tempérament. Loin de rougir de ma bande de jeune homme en parfaite santé physique et spirituelle, je devais plutôt être fier d'un sang de mâle si allègrement prêt à faire et l'amour et la révolution.

— *Gridate Éros, significa gridare alla vita* [1], n'est-ce pas ? dis-je à l'oreille de ma très jolie compagne de traversée.

— *Éros è contagioso* [2] ! murmura-t-elle.

— *Un Éros dorme in ogni uomo in ogni donna* [3] !

— *E ora di sveliarlo* [4] ! dit-elle.

— *Viva Éros!*

— *Viva la rivoluzione* [5] !

---

1. Criez Éros c'est crier la vie!
2. Éros est contagieux!
3. Un Éros dort en chaque homme en chaque femme.
4. C'est l'heure de le réveiller!
5. Vive Éros! Vive la révolution!

Quand mon journal – un quotidien catholique de Santiago du Chili – m'avait proposé le poste de Pékin, j'avais vu poindre aussitôt des soirées de bonheur à l'horizon de l'empereur Jouan-Jouan * que j'avais dans le pantalon. N'allais-je pas vers des dames habituées aux assauts des descendants de Genghis Khan? A trente-neuf ans, je traînais derrière moi neuf échecs conjugaux.

Aucune de mes épouses – choisies pourtant parmi des Chiliennes de feu – n'avait pu supporter, plus de trois semaines, le lyrisme qui saisissait mon homme-de-bien * une fois qu'il était en orbite dans un corps féminin. Manolita Santacruz, ma neuvième femme, en fuyant l'incendie, m'avait jeté à la tête :

– Au diable ton entrain vachement mongol!

Dès le premier mois de mon entrée en fonctions à Pékin, mon impérial fantasme se révéla plus fragile qu'un papillon de la place Tien'An'Men. La soie vive était décidément hors de ma portée. Au bout d'un an sans femme, je décidai de jouer mon va-tout *. Je

demandai un bilan de santé à la clinique réservée aux
journalistes étrangers.

Je tombai sur des infirmières triées sur le volet
quant à leurs compétences et à leurs charmes tabous.
Le soir de mon admission l'infirmière de garde était
une jeune Chinoise du Nord aux yeux mourants-
dévorants. Svelte, grande, sensuelle, elle était à croquer. Son anglais était aussi séduisant que le reste de
son sex-appeal. A sa seconde entrée dans la chambre,
je lui dis à brûle-pourpoint :

— Je vous remercie d'être revenue. C'est pour baiser, n'est-ce pas ?

Nullement choquée par la brutalité de ma proposition, elle alla à la porte. Elle poussa le verrou et
s'approcha du lit, consentante à souhait. Je lui fis aux
deux mamelons des caresses précises et synchrones
avec les battements de nos cœurs. Dans le même
souffle je vérifiai si elle était vierge ou non. Comme
elle l'était, je m'adressai en grec ancien à son ave-
maria *. Sa belle main en transe s'adressa à mon roi-
mage * dans la même langue liturgique. Alors j'inter-
rompis nos transports.

— Otons nos vêtements, faisons le grand soleil !

— C'est interdit par la révolution, qu'elle me dit. On
s'exposerait à des peines très lourdes.

— Pour moi, c'est l'expulsion, à coup sûr ! Que ris-
quez-vous ?

— Cinq ans de service spécial dans une léproserie
perdue dans les sables du Turkestan chinois.

— Foulons aux pieds leur prohibition obscène.
Vous êtes une étoile de jeune fille. Quel âge avez-
vous ?

– Vingt-deux ans.

– Vierge à vingt-deux ans! Par le sperme qui court, c'est un scandale!

– Je sais bien.

– Je vous attends entre minuit et quatre heures du matin.

– A tout à l'heure, qu'elle me dit, en rajustant son uniforme et ses cheveux.

– C'est promis?

– Vous êtes un homme d'action. J'aime ça, promis!

A une heure trente elle s'infiltra dans la chambre avec mille précautions. Quoique sur le qui-vive, je ne me rendis compte de sa présence qu'au moment où elle s'allongea bondieusement nue à mes côtés. Le clitoris de Baozhu [1] était un dieu taoïste de toute beauté : il protégeait, animait, éclairait, une vulve musclée, enjouée, bien épanouie, une grande jolie mère *, noire et drue à s'étouffer.

Baozhu fut d'emblée la première femme en état de supporter que je ne débande pas pour un céleste Empire du Milieu. La jouissance suprême l'emmena neuf fois de suite crier hosanna avec les neuf nœuds de mon bambou taoïste. On se sépara à l'aube en nous promettant de remettre la fête la nuit suivante.

Dans la journée je constatai plus d'une fois que le « regard froid du parfait libertin » que j'avais la veille posé sur ses charmes coulait dans mes veines en flots de tendresse. J'avais trouvé en Chine ma pointure-49 * de gants de fourrure!

Les trois jours de l'examen de santé furent pour

1. Perle magique.

Baozhu et moi un temps lunaire d'une prodigieuse intensité. Nous sortîmes sains et saufs de notre mutuel envoûtement. L'anathème maoïste sur le droit au plaisir à vivre avait fondu à notre soleil. On se fit des adieux bouleversants.

4

Dans le petit monde de la presse à Pékin je pouvais me féliciter d'être le premier envoyé spécial de l'Occident chrétien à avoir gagné au lit une partie de bras de fer avec *la-pensée-maozédong*. Mon enchantement fut de courte durée. Un mois après mon exploit deux agents de la Sûreté de l'État frappèrent au petit jour à la porte de ma chambre d'hôtel. Ils mirent sous mes yeux le texte en anglais de la « confession » de Baozhu.

Elle y racontait fidèlement notre aventure sans omettre un détail de notre parcours sans faute. Il y avait pire : elle avait inversé complètement les rôles. Elle s'accusait d'avoir froidement séduit Ramon Campoamor, le malade chilien confié à ses soins. Elle assurait que je n'étais pour rien dans « son complot criminel contre l'État et la révolution ». Elle était seule coupable, et à ce titre, elle tenait à expier son forfait.

Les agents me présentèrent des excuses officielles. Ils déploraient le « viol » dont avait été victime « l'hôte sacré du Parti et du gouvernement de la R.P.C. ». Je m'élevai avec véhémence contre leur abominable déformation des faits. J'essayai de rétablir la vérité. J'avouai ma disposition à assumer en gentilhomme ma part de responsabilité. Ce fut en vain. On m'apprit que l'affaire était jugée : la semaine précédente miss Baozhu avait été affectée pour neuf années de service spécial à une clinique de lépreux au Xinjiang.

Je quittai Pékin, la mort dans l'âme, vingt-quatre heures après. J'obtins de mon journal un poste de correspondant à Punta Arenas, à l'extrême pointe australe du Chili. Entre le monde et moi, Baozhu est vent, golfe, boussole, libre hirondelle de mer, orient merveilleux de la femme-jardin.

LA JUPE

1

— Puis-je vous demander encore une faveur?
— Laquelle? dit-elle.
— Comment vous appelez-vous?
— Kostadinka Crnojévitch. Et vous?
— Marc Zénon.

J'eus soudain honte des trois syllabes de mon nom aux côtés des neuf du sien. Son patronyme de jeune fille me fascina avant d'apprendre qu'il avait été porté par d'éclatants ancêtres. L'un d'eux avait bâti dans les montagnes du Monténégro un des plus célèbres monastères des Balkans. J'ignorais que son prénom était également fameux : en 1943, au temps des offensives de la guérilla yougoslave, c'était elle le légendaire commandant Dinka des communiqués de la B.B.C.

Je l'appris au lendemain de notre rencontre au bord de la rivière Bosna. Elle était alors tout, tout nue dans mes bras. En même temps que l'envolée magique de ses charmes, je découvris l'ampleur des risques qu'elle courait en venant à notre rendez-vous.

Quarante ans se sont écoulés depuis. Qu'est deve-

nue Dinka à Titograd ? Que fait-elle en ce moment ?
Comment a-t-elle vécu les hauts et les bas du siècle ?
J'aurais aimé, un soir de neige, sans m'annoncer, aller
frapper à sa porte. J'aurais dit à l'homme grisonnant
qui m'aurait ouvert :

— Je suis Marc Zénon. Peut-être Kostadinka Crnojévitch vous a-t-elle parlé de son premier amant ? Je ne
reviens pas détruire votre foyer. Laissez-moi seulement m'asseoir quelques minutes à la table conjugale,
pour écouter l'histoire du couple que vous avez formé
avec l'ange libre de ma jeunesse.

Après le dessert je les aurais suivis au salon. Son
mari m'aurait dit :

— Asseyez-vous, je vous en prie. Tenez, dans ce fauteuil vous serez plus près de la cheminée.

Elle aurait ajouté aussitôt :

— Veux-tu de l'eau-de-vie, du thé, un café ? Peut-
être préfères-tu une infusion ?

— Un tilleul-menthe, Kostadinka, s'il te plaît.

Dans la soirée monténégrine, la gaieté de nos évoca-
tions et celle du feu de bois seraient montées au même
diapason. A un moment donné, pour interrompre le
silence, Zladko, l'époux, aurait fait remarquer :

— A tout cela il y a un côté miraculeux. Il mérite
d'être célébré.

Nous aurions vidé lentement nos coupes de champagne. La conversation aurait rebondi, à bâtons rompus. On aurait parlé de la pluie, du temps, des choses
bonnes et moins bonnes en Yougoslavie ; des choses de
la condition humaine et des choses de la nature : les
bouches de Kotor, les seize lacs de Plivitse, le Danube
(d'un gris qui surprend le voyageur), la fascinante

Dubrovnik, les bourrasques de neige toxique portées par le temps stalinien autour de l'idée yougoslave défendue, contre vents et marées, par Joseph Broz Tito.

Quelques minutes avant mon départ, nous aurions redit bonjour aux flots amis de la Bosna; et au pont que le destin aura jeté entre nos vies; nous aurions fait nos adieux à la voie ferrée et au train bleu de la jeunesse : Chamatz-Sarajevo!

Le fait est là : je ne remettrai jamais le pied au pays de ma superbe Slave du Sud. L'âge d'homme – si lourd à porter dans mon pays natal – a coincé mes jours et mes humbles travaux à des milliers de kilomètres de Kostadinka. Le feu de sa cheminée ne m'accueillera pas en vieux copain, un tendre soir d'hiver...

2

Il était une fois une jeune fille yougoslave et un étudiant haïtien. J'avais alors vingt-deux ans. Pour moi,
c'était, effectivement, « le plus bel âge de la vie ». Tout
souriait au jeune homme en colère : la poésie, les actes
de tendresse et d'amour, le sport, les études, le droit au
rêve. L'exil même pouvait être à Paris une joyeuse
aventure humaine.

Cette année-là, à l'arrivée de l'été, je sautai à la gare
du Nord dans un train de jeunes gens en partance
pour la Yougoslavie. On allait participer à la construction d'une voie ferrée. Durant le voyage on rigola et
on chanta autour des seuls bons côtés de la vie en
société.

Après les désastres d'une guerre mondiale, en période de vacances, trois sources d'émerveillement
comptaient sur la terre : premièrement, la femme ;
deuxièmement, la femme ; troisièmement, à perte de
vit * et de vie, foutre-tonnerre, vive la femme !

On ne se priva pas de ruer de tous les sens vers l'or
de sa beauté. Je trouvai Chantal Richelet au pavillon

des Provinces de France, à la Cité Universitaire du
boulevard Jourdan. Elle était belle, côté jardin *, côté
cour *, à la folie. Elle était lisse et chaude au toucher,
velue et savoureuse. Bleu à force d'être dru et noir,
son mille-feuille * donnait à boire et à manger à
l'exilé.

On était le 9 juillet 47, l'avant-veille de mon départ
pour Belgrade. Dès notre premier acte charnel, on sut
d'emblée qu'on avait, adolescents, écouté dans
l'éblouissement du désert la parole du même prophète : celui qui invite ses fidèles à faire un usage
éperdument solaire de leurs organes sexuels.

— Que penses-tu faire cet été ? dis-je à Chantal.

— Je pars demain pour Sarajevo.

— Pas possible, moi aussi ! On ne se quitte plus,
veux-tu ?

— Oui, mon chéri, c'est oui, l'été, l'automne, l'hiver.

— Au printemps prochain on aura des choses encore
plus merveilleuses à faire ensemble, n'est-ce pas ?

— On a rudement bien commencé : cela s'appelle
baiser !

— Ton entaille douce * fait du bien, tu sais. C'est la
meilleure foufoune * de Paris !

— Tu as une bite de roi mérovingien !

— Tu as un vrai gros derrière de province, une
amande * de rêve à la française, cru exceptionnel de
quelle année ?

— 1929, le 19 février, à Brive-la-Gaillarde, en Cor-
rèze.

— Vive la France veloutée et profonde !

— Je persiste et signe : ta bite est un sacré roi mérovingien !

– Dagobert II ?
– Non, un Charlie ★ Ier du xxe siècle.
– Le régent des trois orphelines ?
– Pourquoi trois ?
– Tes seins et leur ligne Maginot ★ !

3

Dans le train en gare du Nord, à notre arrivée dans
le compartiment, deux garçons tenaient compagnie à
deux demoiselles. Durant les deux cents premiers
kilomètres, il n'y eut pas plus de dix-neuf mots
d'échangés entre nous six. Chantal et moi, on était
assis dans le sens de la marche, côté couloir. On était
tout à notre fringale de vivre. En face de nous les deux
beautés, visiblement parisiennes du seizième arron-
dissement, ne décampaient pas de leur quant-à-soi des
beaux quartiers. Côté fenêtre, les jeunes gens, gais
lurons à fleur de mots et de peau du Midi, se
moquaient d'elles, sans retenue, dans un occitan flam-
boyant. Ils étaient de Lézignan-Corbières[1].

L'atmosphère n'était pas à la fête, malgré les
flammes de plus en plus indiscrètes qu'on jetait librement Chantal et moi. A l'idée qu'on avait près de deux
jours à être enfermés ensemble, je sentis qu'il fallait
faire quelque chose pour briser la glace. Je nous ima-

1. Grande petite ville du Languedoc-Roussillon.

ginai trois couples en voyage de noces. Je consultai
Chantal à l'oreille et je me jetai à l'eau.

– Écoutez, dis-je, parlant à la cantonade, le monde
se remet à peine d'un conflit meurtrier. C'est le premier été qui rouvre à la jeunesse les frontières de
l'Europe. Pour sûr les jeunes Yougoslaves qui nous ont
invités seraient dépités de voir débarquer chez eux une
tribu de rabat-joie aux têtes d'enterrement. Avons-
nous vraiment des amandes et des bites de vingt ans?
On ne le dirait pas, nom de Dieu! Buvons, rions,
chantons! Après une telle guerre, « le seul fait d'exister est un véritable bonheur », dis-je, en citant mon
poète préféré, Blaise Cendrars.

Les jeunes de l'Aude n'attendaient que cela. Ils sor-
tirent de leur sac à dos deux bouteilles de vin rouge de
là-bas. Il y eut un chassé-croisé de présentations :
Chantal Richelet, Marc Zénon, Sylvie Chancelac, Bernard-Henri Santol, Christine de Neuvoctobre, Maurice-André Abriola. On entrait en gare de Sarrebruck.
On trinqua à la bonne franquette.

– A la voie ferrée Chamatz-Sarajevo! dit Maurice-
André.

– A la beauté du monde! préféra Christine.

– Au réel merveilleux féminin! dis-je, à la satis-
faction générale.

Le *la* était trouvé à notre chœur improvisé. Les
jeunes filles optèrent pour un répertoire classique :
« Auprès de ma blonde », « Sur les marches du Palais »,
« Chevaliers de la Table Ronde », « Au clair de la
lune », etc. Abriola, qui avait le vin des Corbières plutôt à gauche, nous entraîna, avec sa basse, dans « Ohé

partisans », « La jeune garde », « Le chant du départ »,
« Avanti popolo ». On me demanda des airs haïtiens. Je
ne me fis pas prier. Avant d'atteindre Nuremberg,
tous les six, nous semblions être sortis de terre, la nuit
précédente, comme les papillons lumineux au printemps.

Pendant ce temps le train continuait sa course en
Allemagne du Sud à travers des champs ensoleillés de
seigle et de blé, de riantes collines, des prairies éclairées d'eau vive qui coulait avec espièglerie autour de
villages tout ahuris d'avoir survécu au déluge de feu
allié.

Soudain de blafardes agglomérations surgissaient,
terriblement ravagées par l'action des intempéries,
après celle des tonnes de bombes et d'obus. Ces
grandes villes paraissaient perdues pour toujours dans
le fourmillement hagard de leurs vaincus, tandis que
leurs rues, aux immeubles éventrés et calcinés,
effrayaient comme des fantômes nazis autour des
gares, dans les nuages de vapeur et les traînées de
fumée des locomotives. Le pays allemand méritait-il
son cauchemar de briques ? Et la solitude de ses êtres
humains ? Alors on s'en soucia comme un merlan
d'une mangue.

On avait vingt ans. Bien au chaud dans les rangs des
vainqueurs, on était sûrs que l'avenir le plus heureux
allait être celui de chacun de nous et de tous les
vivants de la planète, y compris les orphelins de la bar-
barie. En attendant on avait les chats d'Éros à fouetter
jusqu'au sang.

Chantal et moi nous n'étions plus les seuls à le faire.
Les gars du Languedoc avaient brûlé les étapes. Peu

avant la traversée des massifs de Bohême, Bernard-
Henri avait Sylvie bien mûre sur ses genoux. Les
mains de Maurice-André avaient disparu dans le corsage de Christine : à des seins endormis elles
racontaient un conte qui réveilla leur double octobre
pointu.

On n'arrêta pas de chanter, tout en cassant la croûte
avec appétit et en buvant du bon vin à gogo. Nous
avions tous des histoires drôles à relater. Des jeunes
des compartiments voisins se relayaient à la porte du
nôtre pour partager notre frénésie, et échanger avec
elle de bonnes plaisanteries. Pour un oui, pour un
non, on riait aux larmes.

A une heure avancée de la nuit, on fit un arrêt
triomphant en gare de Prague. Sur ses quais, les gui-
tares d'un groupe de Sud-Américains firent danser le
train. Des merveilles blondes du pays tchèque s'étaient
jointes aux jeunes filles du voyage. Quand le convoi
repartit on n'eut qu'une envie : baisser les rideaux et
éteindre les feux.

En moins d'une demi-heure de lancée, la cadence
de la locomotive se fit très agréablement lyrique. Dans
le noir et le silence, notre sang qui avait bien dansé en
public s'enhardit à le faire encore mieux en secret :
notre vertige s'octroya des spirales de chair qui se
recoupèrent avec les courbes du train de nuit. Nous
avions pour cela trois lits : les deux banquettes et le
porte-bagages où l'on se percha nous deux Chantal.
Très vite, dans cette couchette imprévue, on se sentit
aussi à notre aise que dans un hamac brésilien.

Chacun se *la* mit au chaud de sa chacune. Notre trinité au travail poussait des cris d'allégresse tandis que

le train, gémissant et fougueux, nous faisait franchir en beauté collines, rivières, et tunnels. Aux alentours de l'aube, Chantal et moi, nous eûmes à l'oreille une imploration de Sylvie.

— Descendez de là-haut, voulez-vous ? Cessez de faire couple à part et chambre séparée.

On fit comme Sylvie le désirait. En effet, l'Olympe était en bas, dans la plaine slovaque qu'on traversait. Dans l'obscurité du compartiment, on ne tarda pas, les trois machos, à former avec le trio d'étudiantes une roue mythique aux soixante-neuf rayons d'or. A mesure qu'elle tournait sous nos caresses à géométrie variable, elle incorporait à sa fête cosmique la plainte du train qui continuait de plus belle à labourer les flancs intimes de l'espace-temps balkanique...

4

Dès le surlendemain, pics et pelles à la main, sur les chantiers de la voie ferrée en construction, on retrouva l'esprit d'équipe qui avait enchanté notre trajet jusqu'à Zénitsa. Les volontaires accourus de trente-neuf pays, nous étions divisés en brigades de travail. Chaque brigade (française, italienne, scandinave, anglaise, égyptienne, mexicaine, brésilienne, etc.) avait un tronçon de chemins de fer à construire pour aider la jeunesse yougoslave à tenir un engagement d'honneur : terminer dans le délai record de neuf mois les 242 kilomètres qui séparent la localité de Chamatz, sur les bords de la Sava, de la ville de Sarajevo, la célèbre capitale de la Bosnie-Herzégovine.

A notre arrivée, les travaux, commencés les mois précédents, se situaient aux environs du centre industriel de Zénitsa. Je n'avais encore jamais vu des jeunes gens de ma génération aussi joyeusement décidés à remettre debout un pays dévasté par quatre années de résistance à une vie d'opprobre et de solitude.

Ces jours-là, une sorte de vent épique soufflait dans l'étroite vallée de la rivière Bosna. Il commença par

nous jeter à la tête une ribambelle de chiffres. Deux cent
neuf mille garçons et filles se proposaient en 199 jour-
nées de labeur de construire une ligne ferroviaire. Ils
avaient à poser 300 kilomètres de rails, 429 000 tra-
verses, 289 appareils d'aiguillage. On aurait aussi à percer 9 tunnels et à édifier 803 ouvrages en béton, y
compris 9 ponts d'une longueur totale de 2 469 mètres.
Il fallait inclure également les voies de garage, les
signaux, les lignes téléphoniques et les gares.

Après la valse des chiffres on fut pris dans le vertige
ethnique des chantiers : ceux-ci pouvaient compter
sur 45,5 % de Serbes, 25,1 % de Croates, 2 % de Slo-
vènes, 4,7 % de Macédoniens, 2,9 % de Monténégrins,
2,2 % de Musulmans, 1,6 % d'Albanais, parmi lesquels
il y aurait lieu de distinguer 55 % de paysans, 25 %
d'ouvriers, 15 % d'étudiants et d'écoliers, 3,5 % de
membres de l'intelligentsia.

Malgré ce fastidieux tribut payé aux tableaux numé-
riques et à la langue de bois, la chronique de la voie
ferrée Chamatz-Sarajevo demeure en moi un torrent
ensoleillé : parmi les 2,9 % de jeunes du Monténégro il
y avait Kostadinka Crnojévitch ! Le rendez-vous avec
son feu souverain – plus que l'établissement d'une ligne
de communication – est vécu aujourd'hui par ma
mémoire comme de la belle ouvrage qui reste debout au
milieu des naufrages dramatiques de la fin du siècle.

L'éclat du souvenir fait croire à mon imaginaire un
peu fou d'amour et de pérennité que ce fut peut-être
pour permettre à Dinka et moi de s'enflammer au
bord de la Bosna que 209 000 jeunes bâtisseurs de
cathédrales s'étaient acharnés neuf mois durant à
remuer et à transporter plus de 9 000 mètres cubes de
terre et de pierres !

5

Le travail de la journée terminé, j'avais l'habitude
de me promener seul au bord de la rivière Bosna, à
plusieurs centaines de mètres de notre baraquement.
Ces paisibles minutes de méditation me préparaient
au chahut et à la fête de la soirée. Après dîner, en
effet, on se retrouvait entre membres des brigades de
diverses nationalités pour échanger chansons, danses,
impressions, avant le papillonnage du sang chaud sous
les arbres des collines environnantes.

Notre heureuse folâtrerie du train avait continué à
pousser dans le terreau yougoslave. A nous voir tra-
vailler, manger, converser, faire du sport et s'amuser
ensemble, on ne pouvait imaginer ménage à six plus
heureusement uni. Notre tendresse laissa croire à plus
d'un que notre groupe était soudé par des liens de
proche parenté. Je passais aisément pour un cousin
des îles parfaitement intégré à la branche métropoli-
taine de la famille. Aux yeux de tous nous étions deve-
nus « la joyeuse smala de Paris ».

Notre harmonie, en plein jour si évidente pour autrui,

était intensément vécue lorsque la nuit tombait sur nos relations. Comme il était impossible, sans risquer un scandale, de renouveler librement « la noce tchécoslovaque » du voyage, on vivait autrement « l'Éros-en-six-personnes » que la métaphysique du train de Paris avait inventé.

Chaque soir on tirait au sort pour savoir quelle serait la prochaine composition de chacun des trois couples. Le hasard me fit convoler en justes noces plusieurs nuits consécutives avec la même partenaire. J'eus trois fois cette chance avec Sylvie, neuf avec Christine. Le reste du temps, c'était Chantal l'as de cœur de mon jeu.

Une nuit, à la suite d'une fugue des Lézignanais vers la brigade italienne, je me trouvai seul au four et au moulin des étudiantes. A faire revenir à feu doux leurs trois grâces j'eus l'étrange sensation de pénétrer le mystère de la sainte trinité qui panifiait notre « minorité érotique » jusqu'au crépuscule d'août où Kostadinka Crnojévitch leva dans mes jours son cyclone tropical.

6

Cette fin d'après-midi-là, je rentrais de ma promenade solitaire quand je la vis dans la rivière. Je restai
cloué sur la rive, hébété de surprise, muet d'adoration,
avant de pouvoir balbutier :

« Le réel merveilleux féminin. En chair et en os,
cette fois ! »

Debout dans le courant, ayant de l'eau jusqu'aux
genoux, la jeune fille rinçait du linge qu'elle essorait
avec force avant de le lancer ensuite dans un panier en
osier. Elle était en short kaki, très court, et en corsage
bleu pâle. Brûlée par l'été, elle avait la peau presque
aussi foncée que la mienne. Là s'arrêtait pile la
comparaison. J'avais sous les yeux (quarante ans après
elle y est encore, aussi nettement) *la plus belle fille du
monde* ! Sylvie, Chantal, la Neuvoctobre, étaient de
jolies mômes de France, indiscutablement. Mais les
normes qui servaient à calibrer leur triple beauté sau-
tèrent comme les fusibles d'un circuit électrique sous
l'intensité de mon émotion de jeune homme face au
miracle monténégrin.

Ma soudaine apparition à une faible distance d'elle ne sembla pas un brin l'inquiéter. Elle continua sans broncher les gestes fascinants du rinçage et de l'essorage de ses dessous féminins. Une longue minute s'écoula sans que je parvienne à m'adresser à elle.

— Parlez-vous français, mademoiselle ? dis-je, trop bouleversé pour trouver une question moins banale.

— Je fais une licence de français à l'université de Zagreb, dit-elle, rafraîchissant de son sourire voyelles et consonnes de mon Hexagone d'adoption.

Elle arrêta sa besogne et fit quelques pas hors de l'eau.

— Pourrions-nous converser un instant ? demandai-je.

— C'est l'heure de rentrer, dit-elle. Peut-être un autre jour, si vous y tenez, camarade.

— Demain ?

Elle prit un moment de réflexion.

— Oui demain, pourquoi pas ?

— Puis-je obtenir une autre faveur ?

— Laquelle ?

— Comment vous appelez-vous ?

— Kostadinka Crnojévitch. Et vous ?

— Marc Zénon.

Je m'abandonnai aussitôt à la musique de son nom. Dans sa houle je perdis la tête, le cœur, les couilles, les sens et l'entendement. Longuement je la regardai s'éloigner dans le sentier encore ensoleillé. Elle roula pour moi seul le trésor de ses courbes de jeune fille : je compris que pour devenir pleinement un homme du XXᵉ siècle il me faudrait recevoir le baptême de la foi et du feu qu'elles emportaient.

Les écluses du rêve s'ouvrirent d'un coup à mes yeux. Dès lors, le plus urgent pour moi c'était le rendez-vous du lendemain. Bandé comme un élastique allemand je me mis à danser tout seul sur la rive, complètement possédé, avant de détaler à perdre haleine dans la direction opposée au sentier qui conduisait au baraquement français. Je m'aperçus de ma méprise après un kilomètre de ma course sacrée. Je rebroussai chemin sans m'arrêter. Mon souffle paraissait éternel.

Quand je rentrai au réfectoire j'étais encore en état d'incandescence et de grâce phalliques. Comment me mettre à table aux côtés des membres de la « smala » sans trahir mon prodigieux secret ? Comment accommoder à la présence des trois jeunes femmes une érection désormais sans courant pour leur chair après le court-circuit magique qui me subjuguait le sang ?

A mon arrivée les cinq étaient déjà attablés autour d'un sujet de conversation incroyablement proche de mes soucis du moment. Christine venait de leur faire part d'une nouvelle qui, dans les heures suivantes, allait donner la chair de poule à toute la brigade : une jeune fille serbe, qui avait couché la veille avec un étudiant de Marseille, avait, dans la matinée, été tondue en public, à la demande expresse des autorités du Parti à Zénitsa.

Ce scandale venait confirmer ce qui se répétait en messe basse depuis les quatre semaines que nous étions là : on réprimait sévèrement toute relation amoureuse

entre les jeunes filles yougoslaves et les volontaires
étrangers. Chaque nuit les patrouilles de miliciens qui
rôdaient autour des campements, soi-disant pour nous
protéger d'éventuelles incursions des « oustachis [1] »,
veillaient en réalité sur le pucelage des vierges du cru.

Se donner à un brigadiste étranger était une infamie
aussi grave que celle dont s'étaient rendues coupables
les femmes qui se faisaient machiner le derrière par
les barbares de l'occupation nazie. Elles avaient été
tondues sans pitié sur la place publique.

— Nous assimiler à des SS de la bagatelle, c'est tout
de même fort de café! protesta Maurice-André.

— « Nous sommes fils du même idéal », tu parles!
ricana Bernard-Henri. Pour les coups de pics dans le
granit, bien sûr; dans la douce fourrure * slave, *niet*!
J'appelle ça du communisme-à-la-noix!

— Calmez-vous, les potes, intervint Chantal, après
tout c'est leur affaire. Nos « spirales » à la française ont
un demi-siècle d'avance sur les mœurs de l'époque!

Je n'avais pas envie d'éclater de rire avec eux. Pen-
ché sur mon assiette pleine, j'étais assailli par un vent
de doute qui balayait tout : « après un tel exemple
autant vouloir rencontrer l'inconnue dans la lune ».
Au même moment une grosse averse d'été s'abattit sur
nos préoccupations du dîner.

— Quelle poisse! dit Sylvie. Messieurs, ce soir pas de
tirage au sort : chacun pour soi au plumard et le dieu
rouge de la pluie pour tous.

Sa diversion à nos ébats était un coup de dé favo-

---

1. Membres d'une société secrète croate qui, en 1941, avait eu
l'appui des occupants allemands pour créer un « État indépendant »
de Croatie.

rable à mes projets. J'allais pouvoir, tout seul sous les
draps, mettre au point ma stratégie. Une fois couché je
mis en marche mon imagination, tandis qu'il tombait
des hallebardes sur le dortoir. Avant minuit je pouvais
m'endormir sur une solution : mon ami, le jeune poète
égyptien Abdel Zifaat se sert rarement de sa tente de
campagne ; il me la prêtera pour quelques nuits. Je la
monterai sur une colline éloignée, à l'abri des rondes
de la police des songes...

Kostadinka était exacte au rendez-vous. Durant la
première heure de la cérémonie on n'échangea pas
une parole. On enleva en silence nos vêtements dans
l'obscurité de la tente. On resta agenouillés sur la couverture, main dans la main, les bras en croix, tandis
que de nos lèvres sèches d'émotion on s'effleurait tout
tendrement les yeux, les oreilles, la nuque et les
épaules. Nos ventres et nos poitrines en feu lièrent
aussi connaissance en frôlements doux et câlins. Mon
sexe se lova gaiement contre le sien, caracolant de respect et de gratitude, de bas en haut de la pente
pubienne jusqu'au nombril qu'il combla un instant de
sa présence de levier de la vie.

De plus en plus raide, il redescendit en marteau *
de plus en plus fou de son enclume * de chair. Mais,
au lieu d'exercer son métier de forgeron, il caressa le
somptueux bloc de vie, millimètre après millimètre
carré, de toute sa force contenue. Humblement, au
lieu de frapper le métal de rêve, il porta avec vénéra-

tion son effleurement de plus en plus bas. Il célébra tout doucement chacun des vifs mystères de la femme.

Neuf fois de suite, il recommença le labour sacré : tendrement il cajola la douceur épanouie des grandes lèvres, il émerveilla l'étoile du soir, tout doucement, miel avec le clitoris du miel, humble soie envers la géométrie femelle de la soie, jusqu'à l'instant où je pris pleinement conscience que mon homme-de-bien allait être l'hôte de la meilleure grotte aux rêves de la terre!

Kostadinka arrivait de la guérilla des machos sans avoir confié sa chinoise * à leurs dieux belliqueux. Je la préparai trois heures durant à la pénétration première. Je m'enivrai de son odeur naturelle : arôme du clou de girofle des pieds à la racine des cheveux. Ses seins toutefois fleuraient bon la sanguisorbe. Je m'attardai à leurs bouts des éternités. Je dégustai dans ses baisers la sapotille de mon enfance avant de me droguer de son sexe plutôt acidulé, avec le délicieux arrière-goût de brûlé qu'avait sa pudeur à mesure que mes caresses la consumaient. Elle me laissa librement mignoter, bécoter, manger de baisers chaque centimètre de ses fesses aux rondeurs de soleil-fruit-du-paradis.

Aucune angoisse ne noua ses hanches en orbite autour des miennes lorsque ma vie commença à rouler corps et âme dans sa vague onduleuse de vierge. Ce fut une avancée sans douleur, une plongée sans rien d'obscène ni de grotesque, en spirales dans son terrier rose * de jeune fille jusqu'au moment où l'on surfa soudain sur la même planche de salut dans la houle qui nous précipitait dans l'abîme : dès la première fois on vécut jusqu'à l'extase la bénédiction de jouir en même temps.

A plusieurs reprises on se retrouva riant aux éclats tout en haut de nos vingt ans, portés en triomphe par la beauté de l'acte d'amour. On ne ferma pas l'œil de la nuit. Aux minutes de répit, elle me conta son histoire. La légende de la guerre était couchée sur moi. A l'écouter je compris mieux pourquoi Kostadinka n'avait pas eu peur de me rejoindre sous la tente, ni n'avait honte de se donner après le malheur qui, le matin précédent, avait frappé une jeune fille de sa brigade.

— N'as-tu pas peur qu'on t'arrête aussi et qu'on te tonde la tête ? Tu es un membre des forces armées. A ton grade la cour martiale ne pardonne pas.

— Je serais venue quand même la consigne eût été de tirer sans sommation, à la mitrailleuse 50, sur toute jeune fille qui s'éloignerait la nuit du campement.

— Je t'aime !

— Je serais venue sous une tempête de neige avec des risques d'avalanches...

— Tu es ma sultane bien-aimée !

— A la nage dans la Bosna en crue !

Le feu de ses mots me rendit fou à lier. Toutes les veines de mon corps fondaient. Je repartis en flèche en elle, à ma neuvième pénétration. Mais le jour d'été était déjà là...

— Il va falloir nous séparer, dit-elle, quand elle reprit son souffle. A cette heure la milice est au dodo.

— On ne te verra pas rentrer ?

— A la brigade on me sait matinale. D'ailleurs pour venir j'ai mis ma jupe blanche de prof de gym. Ce matin il y aura une figure de plus.

— Laquelle ?

– L'ellipse du bonheur!

Elle s'arracha aussitôt à mes caresses et elle commença à s'habiller. Je l'aidai à retrouver ses vêtements éparpillés. Elle fit un brin de toilette avec l'eau minérale de ma Thermos. Elle mit ensuite de l'ordre à ses cheveux. Accroupi à ses côtés, je n'arrêtais pas d'embrasser ses cuisses. Avant la séparation, un bref instant, on se remit dans la position de la première étreinte : à genoux sur la couverture, main dans la main, bras en croix, desséchés de tendresse. Sans un mot elle se leva et se glissa hors de la tente. En moins d'une minute, elle était de retour, consternée.

– La jupe est maculée de sang, dit-elle. Il y en a partout, devant, derrière. On était couchés dessus!

– J'ai une idée : tu m'attends ici, je cours à la Bosna, en deux temps trois mouvements je passe ta jupe à l'eau.

– Même si le sang part, elle sera toute trempée.

– J'ai une meilleure idée : mon amie Chantal a une jupe blanche. Elle est aussi grande que toi.

Sans attendre l'avis de Dinka, je partis ventre à terre. J'étais en slip, torse et pieds nus. Je ne sentis pas dans ma course l'air froid du matin. Personne n'était levé au baraquement des Françaises. J'avisai une fenêtre entrebâillée.

– Chantal! Chantal! J'ai besoin de toi.

Des voix de protestation me parvinrent.

– Chut! On dort encore là-dedans. Silence!

– Chantal! Christine! Sylvie! Au secours!

J'entendis du bruit derrière la porte d'accès au dortoir. Chantal apparut en chemise de nuit, affolée.

– Oh! Marc, mon amour! Que fais-tu dans cet état?

– Écoute, prête-moi ta jupe blanche. C'est pour une Monténégrine en danger. A plus tard les explications!

– Monsieur réclame ma jupe blanche! Pour couvrir sa nuit d'amour! Excusez du peu! Merde alors!

Elle revint sans tarder avec la jupe bien repassée, sans un pli, immaculée.

– Tiens! Espèce de... grand forban de la Caraïbe!

Dinka enfila la jupe le plus aisément du monde. Elle était aussi seyante que si on la lui avait coupée sur mesure chez un grand couturier. Avec son petit corsage également blanc, elle pouvait se précipiter à sa classe de gym.

Ce matin-là, à la brigade, on lui trouva «plus de charmes que jamais les fées». C'était si vrai, a-t-on dit, que les deux militaires venus pour l'arrêter la laissèrent toutefois terminer son ballet du lumineux matin d'août.

NOËL AU MONT D'ARBOIS

1

A la fin de 1948, huit jours avant Noël, le train de
Paris me déposa tôt le matin à la gare du Fayet,
dans la vallée de l'Arve, en Haute-Savoie. Je me fis
d'abord conduire en taxi à Saint-Gervais-les-Bains.
Je pris ensuite le téléphérique du Mont d'Arbois à
destination du chalet « La Cheminée des fées ». La
maison de bois appartenait aux parents d'Armand
Massigny, un camarade de faculté. Retenu à Paris, il
m'avait obligeamment passé les clefs.

J'avais déjà fréquenté la station. L'hiver précédent
j'étais descendu à l'hôtel du Mont-Paccard. Sa
patronne était la fille d'un vieux guide très réputé
dans les parages. Son nom de Parfait Cocu cachait
une exceptionnelle pâte d'homme « blanc » et un
moniteur de ski comme il n'y en a plus. Après
quinze sorties en sa compagnie je savais skier conve-
nablement.

A mon retour à Saint-Gervais, fort de cet ensei-
gnement, j'étais confiant dans mes capacités. J'étais
on ne peut plus fier de mes skis en bois de frêne,

brun clair, et tout aussi de mes bâtons à disques et à pointes, en métal chromé. Sans être un virtuose, je descendais hardiment schuss les pentes du Mont d'Arbois. Je parvenais même à franchir, sans chutes, de vraies éminences. Je freinais comme il fallait en chasse-neige. De temps à autre, avec une égale assurance, je réussissais des christianias aval de toute beauté.

Je skiais l'après-midi, à partir de deux heures jusqu'à la tombée de la nuit. Le matin, vers neuf heures, je faisais un saut au village. Avant mes courses, je traînassais à l'aventure, dans les deux cafés, au débit de tabac ou dans le hall du principal hôtel de Saint-Gervais. J'aimais aussi faire une halte sur le Pont-du-Diable pour y voir passer des essaims lyriques de nanas.

Skis sur l'épaule, chair ardente et ambrée, elles allaient, en chantant ou en se tordant de rire, prendre le téléphérique. Ma peau d'ébène sur fond de neige éclatait soudain sur leur passage : dans leurs yeux encore adolescents mon apparition était de bon ou de mauvais augure selon qu'elle aidait ou nuisait à leur horoscope du jour.

Ce matin-là je me dirigeais vers le bureau de poste quand je vis l'inconnue sortir du Splendid Hôtel. Je n'aurais pas su dire si elle était noire, blonde, rousse ou brune. Je n'eus point d'yeux non plus pour sa tenue, sa coiffure, ou les traits de son visage. Tous les coups de dés – le hasard et la nécessité de ma vie – cédèrent à la haute autorité de son cul en mouvement.

Son lyrisme rotatif, puissant, contagieux, innocent et provocant à la fois, articulait tous les éléments de ce 24 décembre. Le temps, l'espace, les passants, la lumière, la neige et mes sensations de jeune homme en érection, eurent soudain le même corps en feu, influencés que nous étions par l'attraction du cul merveilleusement en orbite autour de la matinée hivernale.

Je suivis la jeune fille sur une centaine de mètres. Pour rien au monde je n'aurais voulu interrompre la drague, dût-elle me conduire tout droit à la chaise électrique. A la hauteur du ciné « Paramount des neiges », elle s'arrêta net et fit volte-face. Je me trouvai

en tête à tête avec son mystère et sa force d'enchantement. Hébété d'admiration, je bredouillai stupide-
ment.

– Quelle heure est-il, mademoiselle?

Elle me toisa des pieds à la tête, le nez froncé d'une
sorte de contrariété animale, comme si, au lieu d'être
en extase devant sa magie, je venais de botter sauvage-
ment son étoile de derrière. Sans un mot, coupant
court à toute chance de conversation, elle me tourna
dédaigneusement le dos et continua de plus belle son
chemin de rêve.

3

Quelques heures plus tard, je prêtai attentivement l'oreille au silence de la montagne. Je ne m'étais pas trompé : on appelait au secours. J'éteignis le réchaud à gaz où je préparais le dîner. Je nouai mon cache-col, j'enfilai anorak et gants et je sortis précipitamment du chalet.

Il neigeait en tempête. Il fallait traverser une pinède pour atteindre la piste bleue du Mont d'Arbois. La neige avait tout estompé. J'avançai péniblement dans la ouate effrénée et blafarde. Je titubais, tombais et me remettais aussitôt debout. Les sapins autour de moi sifflaient et s'ébrouaient lugubrement.

A la sortie du bois, le terrain descendait à pic. Les cris de détresse me parvinrent plus distinctement. Je ne tardai pas à apercevoir au bas de la pente une silhouette suspendue par les deux jambes aux skis fixés comme des pieux dans la neige.

Je fis jouer l'attache métallique du ski au pied droit de la jeune fille. Elle était coincée. De petits cristaux de neige brillaient dans les interstices. J'appuyai de toutes mes forces. Le ressort finit par céder. J'eus autant de mal à libérer le pied gauche. Je me penchai sur l'accidentée pour l'aider à se relever.

– Je ne peux pas, gémit-elle, en anglais, avec un fort accent américain.

– Ne vous affolez pas, je suis étudiant en médecine.

– Bonne nouvelle, dit-elle, sans tourner la tête de mon côté.

Je palpai ses chevilles.

– Apparemment pas de fracture, c'est déjà ça de bien. Par ce temps il n'est pas possible de vous évacuer sur Saint-Gervais. Vous passerez la nuit au chaud, dans un chalet, pas loin d'ici.

– *Wonderful!* dit-elle.

A ce mot d'exclamation, l'inconnue, en appui sur les coudes, se retourna. A la vue de ma personne elle tomba dans les pommes. Je la saisis sur-le-champ par la taille. Je la chargeai sur mes épaules. Dans la remontée tantôt j'enfonçais jusqu'aux genoux, tantôt je sentais le sol fuir sous notre double poids. Je progressai lentement dans les tourbillons de neige. Les flocons me fouettaient le visage, pénétraient dans mes narines et dans mes yeux. Je dus m'arrêter plusieurs fois pour récupérer la vue et le souffle.

En un clin d'œil le ciel s'était obscurci complètement. La neige, prise de frénésie, nous enveloppa dans une mousse échevelée. Mon champ visuel n'était plus qu'un chaos gris, ouaté. J'avançai à l'aveuglette. Je dérivai en un slalom d'ivrogne entre les fantômes des sapins. Ayant perdu tout sens de l'orientation, j'eus peur de passer au large de la plate-forme déboisée où s'élevait le chalet. Après une demi-heure d'errance je butai contre un obstacle. Il offrait à mon tact une surface plus grande que le tronc d'un arbre : c'était le mur de la maison.

Je tournai plusieurs minutes autour avant d'en découvrir la porte d'entrée. Malgré les gants fourrés j'avais les doigts engourdis. Ce fut la croix et la bannière pour tourner le loquet sans déposer au sol mon fabuleux fardeau.

Je tâtonnai dans l'obscurité de la pièce de séjour vers un canapé. J'y allongeai le corps inerte. Après avoir allumé l'une des lampes tempêtes, je m'accroupis devant la cheminée. Je ranimai l'âtre. J'allai ensuite dans la chambre chercher une grande serviette et une couverture. Je m'approchai de mon hôte. Son armure de neige s'égouttait dans la chaleur.

Je lui enlevai les bottes, les chaussettes, l'anorak, le pull et le chemisier, les fuseaux. Tout aussi ruisselants étaient le slip et le soutien-gorge. Il fallait les ôter. Cela fait, captivé jusqu'aux larmes, de toute ma tendresse je m'appliquai, le souffle coupé, à sécher des pieds à la tête miss America toujours inanimée. Je l'enroulai dans la couverture.

4

J'avais également besoin de me changer. Je ressortis de la chambre muni de ma trousse médicale. Je frictionnai le corps de la vamp. Elle ne tarda pas à ouvrir les yeux. Elle les écarquilla lentement sur moi : elle reconnut le jeune homme qu'elle avait envoûté le matin même dans la rue principale de Saint-Gervais.

— Ne vous affolez pas, dis-je. Je suis à ma dernière année de médecine à Paris.

Elle lança en arrière sa chevelure encore humide. Ses yeux mauves étincelaient.

— Pourquoi m'avez-vous déshabillée?

— Vous étiez trempée jusqu'aux os, et glacée!

— ...

— Vos dessous sèchent près du feu. En attendant de pouvoir les remettre, voici un pyjama.

Elle l'accepta avec une moue de dégoût. Elle passa sans difficulté la veste. Elle essaya de plier ses longues jambes. Elle se crispa de douleur. Je dus l'aider à enfiler le pantalon.

– Je m'appelle Jacques Agoué, originaire de Jacmel, Haïti, et vous, mademoiselle?

– Vanessa Hopwood, actrice de ciné, Memphis,
U.S.A.

– Je suis ravi de prendre soin de vous.

– ...

Je m'agenouillai au bord du canapé-lit pour faire
mon travail. Effectivement, il n'y avait rien de cassé.
Elle souffrait aux deux pieds d'une banale élongation
des ligaments, sans le moindre déplacement des sur-
faces articulaires. Je fis un bandage compressif et élastique.

– Vous avez de la chance. Vous avez simplement
une double entorse, dis-je.

– *What is it*, entorse?

– Vous vous êtes foulé les deux pieds. Il n'y a pas
d'arrachement ligamentaire. Il n'y aura nul besoin de
vous les plâtrer. Votre position incommode sur la piste
m'a fait craindre le pire.

– Comme je regrette d'être venue ici, dit-elle. A
Chamonix, à Cortina d'Empezzo, je n'aurais pas eu
d'ennuis de ce genre...

– Rassurez-vous, dis-je, vous êtes en de bonnes
mains.

– Qu'ai-je fait pour que *cela* m'arrive? dit-elle, en
éclatant en sanglots.

Je pris le thermomètre, je le secouai avant de le glisser sous l'aisselle droite de miss Hopwood. Un
moment après j'observai sa température à la lumière
de la lampe.

– Vous n'avez pas de fièvre.

– Combien?

– 37,8.

– Normal, n'est-ce pas?

– Oui, à deux dixièmes près. Tout est bien. Maintenant il vous faut dîner.

– Je n'ai pas faim.

– Si, si, après ces émotions, il vous faut vous restaurer. Voulez-vous un apéritif?

– Non.

– Une cigarette?

– ...

– Un magazine? Peut-être *Paris-Match*?

– Comme je voudrais n'être jamais venue aux sports d'hiver, dit-elle, en se cachant le visage dans les mains.

5

Je m'éloignai en direction de la cuisine. Je revins quelques minutes plus tard avec un plateau sur lequel j'avais agréablement disposé autour d'une théière fumante du fromage, du beurre, des tranches de pain grillé, du salami italien, du jambon, de la confiture de groseilles, du miel d'acacia et un carafon de chianti. A mon approche, la jeune fille sursauta.

— Ça sent bon, dit-elle.

Un fugace reflet d'enjouement étincela dans ses yeux. Elle se souleva sur les coudes, en quête de la position la plus commode pour manger.

— Attendez, dis-je, ne bougez pas, je vais vous accommoder.

Je posai le plateau sur la table. Je pris deux coussins que je plaçai entre le canapé et la cloison de bois, sous les épaules et la tête de mon hôte. Je l'aidai ensuite à s'y caler à son aise. A l'instant où je me redressais, elle jeta les bras autour de mon cou. Les yeux clos elle murmura en anglais des paroles que je ne comprenais pas. A leur intonation je devinai de tendres mots d'excuse. J'acquiesçai à leur prière avec des signes de tête.

D'un bras j'attirai Vanessa Hopwood. Je la serrai contre moi pour l'embrasser. De l'autre main libre je cherchai une échancrure dans la veste de pyjama. Je glissai doucement le long du ventre brûlant. Aussitôt passé le nombril, je retins mon souffle : la gaine vaginale, très potelée, drue, s'épanouissait somptueusement de chaque côté des plis de l'aine. Le merveilleux pertuis * invalida d'emblée les notions courantes de bas-ventre, pénil, pubis, zone pubienne. Même l'opulente métaphore de mont de Vénus était fort éloignée de la merveille qui éblouit ma vie et la remplit aussitôt de respect et de vénération. Personne ne *l*'avait comme ça sur la terre...

A mesure que je descendais, mon vertige tournait à l'extase. Chaque centimètre de vulve méritait un *Te Deum laudamus* particulier. L'âme-mâle * du clitoris, vibrante, souple et fière, présidait à tout ce prodige de douceur et de beauté. Les lèvres du sexe, proéminentes, bien ourlées, riaient aux éclats, sans toutefois étouffer la jubilation plus secrète des plus adorables petites lèvres de la création. Pendant de longues minutes je demeurai incapable de traduire mon sentiment de béatitude en mots d'adoration de ce monde.

– Vous avez un conte de fées entre les fesses, dis-je. Quelle bonne nouvelle apporte-t-il dans ces montagnes ?

Sans comprendre le sens exact de ces paroles, elle sentit vivement, à la jubilante vibration de mon être, que je vivais un soir d'enchantement dans ses bras.

– Vous êtes le premier homme à faire une telle fête à ma chair.

— Pourquoi aurais-je peur de vos charmes? Côté cour et côté jardin ils font « la révolution de la beauté ». Vous avez un formidable *bounda* ∗ de femme nord-américaine! Un *baubo* ∗ éblouissant d'audace et de santé! Hourra pour la plus belle cheminée ∗ de l'Occident chrétien!

En son honneur je me roulai de joie par terre. Je dansai devant le feu avant de confier le père Frappard ∗ aux soins de Vanessa Hopwood.

— *My God*! Voici un frère bandant fier de sa flèche! Enfin un homme sans frousse mystique du cul de la femme! Quel temps de Père Noël!

Tout en s'exaltant, elle ne cessa de me câliner le tonton Noël ∗. Lentement elle explora des doigts sa cambrure de *loa* [1] de la mer. Elle palpa aussi gaiement le vaudou amusant des couilles : l'une après l'autre, avec de petits mots merveilleusement anglais...

— De vraies boucles de tendresse! dit-elle.
— Pour les oreilles de votre rage de vivre!
— Des clochettes à la Vierge Marie!
— Le double carillon du doux temps de la femme!

Toute la nuit on fêta la naissance du Rédempteur. Dans nos accords charnels sa miséricorde trouva un fraternel feu de bois. Au lever du jour on pouvait, en toute innocence, crier à la tempête de neige : paix au ciel et sur la terre aux coqs ∗ et aux chattes ∗ de bonne volonté!

---

1. *Loa* : être surnaturel dans le vaudou. Plus qu'un dieu ou une divinité, un *loa* est, en fait, un génie bienfaisant ou malfaisant.

BLUES POUR UNE TASSE
DE THÉ VERT

1

Ce matin-là j'avais à la Sorbonne un cours de Gustave Cohen sur la poésie lyrique au Moyen Age. Arrivé avec une demi-heure d'avance sur l'horaire, je faisais les cent pas dans le vestibule de l'amphi. Je mémorisais les cadences de *La Chastelaine de Vergi*, poème narratif du XIIIe siècle. D'autres étudiants, garçons et filles, attendaient, également barricadés dans un studieux quant-à-soi.

L'entrée d'un grand Noir au physique d'agent de la M.P. [1] nous sortit de nos cogitations. Son manteau de cachemire beige était coupé à la dernière mode; sa chemise blanche au col dur rayonnait sous une cravate de soie à rayures recherchées. Coiffé d'un feutre Royal Stetson de luxe, il avait dans une main une serviette en cuir souple, et dans l'autre des gants suédois beurre frais. Il était trop bien fringué pour être un étudiant bénéficiaire d'une bourse d'État comme beaucoup de G.I. [2] démobilisés. Était-il un attaché

1. Military Police.
2. Soldat de l'armée américaine.

d'ambassade? Un jeune professeur en tournée? Un acteur de cinéma?

Ces années-là ni le Département d'État ni l'Université Harvard, moins encore Hollywood, ne confiaient à des « colored people [1] » une mission quelconque dans les pays de l'Europe du Plan Marshall. Qui pouvait-il être, ce *play-boy* d'ébène qui semblait sortir des rangs du pur gratin de Boston?

L'extrême distinction de l'inconnu contrastait avec sa timidité non moins formidable. Il avait l'air de se reprocher amèrement de s'être fourré dans un pétrin « blanc ». Ses pieds battaient la semelle comme si on était sous une tempête de neige. Ses mains pétrissaient le cuir de la serviette et des gants. Ses lèvres bougeaient vite sans proférer une parole. Il avait les yeux d'un aveugle qui aurait perdu son bâton dans une foule hostile. Je sentis d'instinct que c'était à moi qu'il revenait de tirer mon congénère de son embarras.

— Vous êtes le bienvenu à la Sorbonne, monsieur. Quel amphithéâtre cherchez-vous?

Plus que mes mots aimables, mon teint noir qu'il n'avait pas remarqué fit monter à son visage un séduisant sourire de soulagement tout à fait assorti à son allure de jeune lord anglais.

— Vous n'êtes pas américain, sir? dit-il, ravi.

— Je suis haïtien, Stefan Oriol.

— De Haïti, *West Indies* [2], Toussaint Louverture, *wonderful man* [3]! Je suis William Fowler, Bill Fowler, de Harlem.

— Seriez-vous un parent de la vedette du jazz?

1. Gens de couleur.
2. Indes occidentales.
3. Un homme admirable.

– Ray Fowler est mon père. Les Haïtiens ont-ils aussi le virus du jazz?

– Jazz, blues, *negro spiritual*, c'est notre bien à tous.

– Est-ce aussi l'opinion de Descartes? dit-il, en découvrant le nom du philosophe en lettres dorées au fronton de l'amphithéâtre.

– Je crois qu'il est à nos côtés, dis-je. Quelle licence préparez-vous?

– Licence? Pas encore. Je me suis inscrit à l'Alliance française. Il faut d'abord apprendre votre langue. Et vous, sir?

– Je fais une licence de lettres classiques. En même temps, je suis à Sciences-Po.

– Oh! quel animal est-ce?

– L'Institut d'études politiques de l'Université de Paris. On y explique le monde tel qu'il est.

– Il faut se méfier, sir, des explications des Blancs. Ils sont très forts pour ça, nos cousins. Le jazz n'a rien à expliquer.

– De là toute sa force d'âme, dis-je. Vous l'avez appris de papa Fowler?

– Le *father* [1], bien sûr. Le Mississippi, le Vieux Sud, le blues, sont aussi de bons maîtres!

Au même moment la porte de l'amphi s'ouvrit.

– Excusez-moi, dis-je, le cours va commencer.

– Un cours de quoi, sir?

– La poésie lyrique au Moyen Age, par un professeur éminent et fort sympathique.

– De quoi vous parle-t-il ces jours-ci?

– De la Chastelaine de Vergi, une grande amoureuse du XIIIᵉ siècle, au destin plutôt tragique.

1. Le père.

– On n'a pas idée d'aimer comme ça. Ce n'est pas un risque que prendrait Bill, dit-il, avec un sourire coquin.

– Où habitez-vous à Paris?

– Au Pavillon grec, à la Cité Universitaire.

– Nous sommes voisins à la Cité. A un de ces jours.

– A bientôt, merci beaucoup, sir.

2

La parole captivante de Gustave Cohen m'empêcha
d'approfondir mes impressions de mon nouveau pote.
Toutefois avant de franchir le pont-levis de Gabrielle
de Vergi je classai Fowler dans une aile de ma
mémoire sous le surnom de sir Bill. Les soirs suivants,
quand je passais sous les fenêtres éclairées du « temple
grec » qu'il habitait, je l'imaginais volontiers dans sa
piaule d'étudiant, short jaune canari et gants de boxe,
en train de se frotter au championnat du monde toutes
catégories qui nous attirait tous sur le ring merveilleux
des difficultés de la langue française.

Je m'étais promis de relancer sir Bill à la première
occasion. J'étais sûr que sa fréquentation me ferait
mieux connaître le monde noir américain. Outre le
jazz, je découvrais alors le blues et les autres formes de
l'aventure musicale du Vieux Sud.

Cet hiver-là, j'étais aussi séduit par les œuvres de
Richard Wright, Langston Hughes, Countee Cullen,
W.B. Du Bois. Ces hommes de culture faisaient bon
contrepoids au commerce passionnant que j'entrete-

nais avec leurs compatriotes de la « génération perdue » : Hemingway, Faulkner, Dos Passos, Ezra
Pound, Scott Fitzgerald. Par ailleurs, à la même
époque, Sciences-Po éclairait pour moi les conflits qui
séparaient l'une et l'autre couleur de peau à l'Oncle
Sam... Sir Bill débarquait dans mes jours comme
l'oiseau rare : il donnait un *la* vivant à mes connais-
sances encore mal orchestrées de son pays.

Un long trimestre s'écoula sans que vinssent à se
croiser de nouveau nos chemins. Cela était courant à
Paris, même entre voisins de palier. Je partais tôt du
pavillon de Cuba. Je passais studieusement la journée
au quartier Latin. Je rentrais tard le soir à la Cité. La
seule vue de mes étagères de livres m'ôtait toute envie
de ressortir. Je partageais le temps du week-end entre
le stade, le ciné-club de la rue Vavin, les salles de
concert, les musées, en compagnie de Lida Dombrozova. J'étais follement épris de cette joueuse de tennis
tchèque que j'avais rencontrée à Prague l'été précédent. C'était une fête de tâter la truite à sa rivière
blonde de dix-sept ans et demi.

La deuxième fois que je vis sir Bill, j'avais l'éblouis-
sante Lida à mon bras. Du soir au matin de ce
dimanche-là, la pâleur de l'hiver avait reculé. Elle
avait cédé la place à un temps sec et lumineux. Au
parc Montsouris, en une nuit, le printemps s'était rap-
proché avec grâce des arbres de Paris. On avait la joie
d'ajouter une belle saison de plus à notre passion.
Après une escale romantique sous les branches qui
renaissaient, on remonta le boulevard Jourdan vers le
café que l'on avait adopté : « Chez l'Oncle Zola ». On
était déjà engagés dans la porte tambour quand
j'entendis dans mon dos :

— Hello ! Sir Stephen !

Cette fois William Fowler portait avec la même
aisance de play-boy un duffel-coat de luxe et une cas-
quette d'officier de la Royal Navy. Il me prit avec
effusion dans ses bras.

— Heureux de vous revoir, sir. On prend un pot
ensemble ?

— Bien sûr, permettez-moi de vous présenter ma

girl friend[1], dis-je, en le poussant devant moi dans l'entrée.

Lida nous attendait, souriante, devant le comptoir.

— Voici sir Bill, dis-je, l'ami américain dont je t'ai parlé.

— Lida Dombrozova, dit-elle, en tendant la main.

Il arriva alors une chose étrange. Au lieu de serrer la main de la jeune fille, Fowler se contenta d'incliner un visage de fer, l'œil fulminant, en maugréant :

— *How do you do*[2] ?

Rougissante et intimidée, Lida s'appuya à mon bras pour retrouver sa contenance.

— Il y a des places tout au fond, dis-je, avisant la cohue d'étudiants.

— Excusez-moi, dit sir Bill, on m'attend au pavillon. A bientôt.

Sans me laisser le temps de réagir il pivota vers la sortie.

— Il n'est pas marrant, ton sir Bill, dit Lida.

— Il t'aura prise pour une de ses compatriotes blanches.

— Malgré mon nom slave ?

— Il a été grossier avec toi. Je suis désolé, c'est de ma faute, ma chérie.

— Tu n'y es pour rien, dit-elle, en renversant sa blondeur joyeuse sur mon épaule.

1. *Girl friend :* petite amie.
2. Comment allez-vous ?

Le lundi suivant, au matin, je trouvai dans mon casier une lettre de William Fowler. Dès les premiers mots je n'en crus pas mes yeux.

« Mon chéri,

« Après l'incident de ce matin, au café, je te dois des excuses. Je ne vais pas par quatre chemins : depuis notre rencontre à la Sorbonne, en décembre dernier, tu es resté ma sublime obsession. A te voir soudain tout entier sous le charme d'une de ces garces athlétiques et fourbes de la Californie, j'ai connu la rage de la jalousie. Mon sang, enflammé pour toi, eût été capable des pires folies : en moins d'un tour il aurait pu noyer la pâle intruse.

« Je te prie de bien vouloir me pardonner. Le petit chien malheureux de mon cœur est un blues d'Alabama à tes pieds. Pour te prouver à la fois mon repentir et la force de mon embrasement je t'invite, demain lundi 9 avril, en fin de journée, à prendre une tasse de

thé vert chez moi, sous les regards protecteurs des
dieux grecs dont je suis l'hôte à Paris.

« Follement à toi,

Bill »

C'était, en ardente et due forme, une déclaration
d'amour. En plus de deux ans de géolibertinage à
Paris, aucune de mes conquêtes féminines n'avait jeté
dans mon courrier un brûlot de cette force. J'étais
incapable de franchir le seuil du pavillon. En m'ache-
minant vers le métro Porte-d'Orléans, les passants du
boulevard Jourdan verraient à mon visage que je
portais dans la poche un message infamant. Je
rebroussai chemin vers ma chambre du troisième étage.

« Sir Bill est un *macici* [1], un *maricon* [2] doré de l'Alabama », répétai-je, en grimpant quatre à quatre l'escalier.

Je décrochai le combiné. Je composai le numéro de
Lida.

— Allô! C'est toi, ma chérie? Excuse-moi de te
réveiller.

— Il t'est arrivé un pépin?

— Tu sais, le gars américain?

— L'affreux sir Bill?

— Oui, il est une tante sans foi ni loi.

— Tante de qui donc?

— Un pédé, en argot, est une tante. Il m'a écrit une
lettre d'amour en guise d'excuse pour son impair du
café. Écoute sa prose d'efféminé.

Après l'écoute, Lida me dit :

1. Homosexuel, en haïtien.
2. Homosexuel, en espagnol.

– Ton lord fait une crise de jalousie. Ton succès de macho est sans frontières. Félicitations, mon chéri!

– Tu as tort de plaisanter avec ça, Lida. Nous avons affaire à un dangereux dandy.

– C'est clair : il veut aller au vert avec toi.

– Très vite je vais le mettre à sa place.

– Va à son rendez-vous. Répète-lui ce que tu m'as souvent dit : le jour de ta naissance une déesse vaudou de dix-sept ans a coupé ton nombril avec ses dents!

– Il est capable de s'en prendre à toi.

– Ses grands airs de Zeus jaloux ne me font pas peur. Après l'avoir vu, rejoins-moi à la Maison internationale. Veux-tu qu'on dîne ensemble?

– Oui, je t'invite à Saint-Germain-des-Prés. A ce soir, mon plissé * soleil!

Ce lundi-là, je ne sortis pas de la journée. Je séchai mes cours. A midi j'oubliai d'aller déjeuner. Pour la première fois, l'heureux géolibertin que j'étais subissait les avances de quelqu'un de son sexe. A mon corps défendant j'étais précipité dans le mystère de l'homosexualité.

A Jacmel, au temps de mon enfance, j'avais connu sous un jour plutôt favorable sôr Pol et son ami Ti-Georges. Dans la petite ville ce couple quasi officiel jouissait d'une sorte de respectabilité conjugale. Personne – pas même ma grand-mère pourtant à cheval sur les principes – ne s'étonnait de les voir à l'église égrener avec dévotion le même rosaire, ou prêter leur double soprano aux cantiques du père Naélo, durant les offices de la semaine sainte.

A l'atelier de mon oncle Titon, les tailleurs, bien connus des jolies passantes pour leurs redoutables *piropos* [1], faisaient amicalement la fête à sôr Pol et à son

---

1. Compliments – parfois très licencieux – que les machos d'Amérique latine adressent dans les rues aux femelles (*hembras*).

amant Ti-Georges. Plus d'une fois j'avais été témoin des assauts familiers de taquineries dont ils étaient l'objet.

— Sôr Pol, disait le tailleur Togo, depuis ton arrivée, tu n'as pas sorti un mot. Qu'est-ce que ce magnifique samedi t'a fait ?

Sôr Pol se taisait, les yeux fixés sur ses ongles de diva. Un second tailleur donnait un autre tour de manivelle.

— Allons, Popol, sans ta parole ce matin a l'air d'un désert. Dis quelque chose. Même un mensonge serait préférable à ton silence de mercredi des Cendres !

Sôr Pol continuait à interroger les oracles vernis de ses dix doigts avec le sourire de la Joconde de Duchamp à ses lèvres délicatement fardées.

Un troisième tailleur, ce pouvait être Muston Dacosta, célèbre chez mon oncle pour la durée de ses silences, intervenait à son tour.

— Ti-Georges, casse le pot aux roses, qu'est-ce qu'elle a, ta Polette ?

— Une fois par mois il est comme ça, plus muet qu'un caillou du Sahara.

Alors Ti-Georges, de sa voix d'adolescente perverse, s'adressait directement à son amie.

— Popo chérie, qu'est-ce qui te tracasse le sang ?

— Ces mauvais coucheurs font semblant d'ignorer que je *les* ai !

— Tu as quoi donc ? demanda Ti-Jérôme Moreau. Des dettes terribles ?

— Des maux de tête ? Des cors aux deux pieds ? Parle, bordel de Dieu, renchérit Milord Lafalaise.

— Bande de rasoirs ! disait sôr Pol, excédé, j'ai des règles très douloureuses ce mois-ci !

L'atelier de couture explosait. Même tonton Titon, devant son établi de maître tailleur, perdait son sérieux de chirurgien à la table d'opération. Aussitôt, du fond de la maison s'élevait la voix de ma grand-mère.

– Ti-Phane, monsieur Stefan, monte immédiatement dans ta chambre!

Au bas de l'escalier, elle interceptait mes oreilles au passage.

– Mauvais garnement, c'est bien la dernière fois que je te préviens : tu dois quitter l'atelier dès que madan Ti-Georges se laisse aller à ses séances de gros mots!

Des années après, je devais emmener à Paris mes préjugés d'enfance en faveur des *macicis*. A mes yeux ils appartenaient à une secte de joyeux drilles que leur humour rendait tout à fait fréquentables. Quant à mes grands goûts érotiques – Lida en savait quelque chose – je les devais précocement aux jeunes dents féminines qui m'avaient sectionné le cordon ombilical.

Dès l'âge de quinze ans, mon Priape *, avec ses cent trente-neuf millimètres, sans être un phénomène à promener de foire en foire, jouissait d'une excitabilité musculaire à toute épreuve. Sa sensibilité aux belles personnes du sexe, à la bonne heure H (H comme *Hembra*) pouvait compter sur quatre propriétés naturelles. Chacune d'elles tenait d'un prodige différent :

1. A Jacmel, aux jours de mes quinze ans, il suffisait à la superbe Jeanine Lévizon de passer en ma présence les doigts sur la surface d'une jarre pour que se réveille

aussitôt à mon bas-ventre un homme-de-bien qui en valait plusieurs.

2. Mes deux joyeuses restaient enflées des jours et des nuits quand, au patio de la maison, ma ravissante cousine Alina pilait le maïs du dîner.

3. Lorsque c'étaient nos voisines, les *marassas*[1] de feu, les pulpeuses sœurs Philisbourg qui battaient à quatre mains du tambour au carnaval, j'avais les reins meurtris comme après une ennéade d'orgasmes consécutifs.

4. Une fois, à la rivière la Gosseline, il y avait une négresse de dix-neuf ans qui s'y baignait glorieusement nue : ce fut assez d'être soudain ébloui par sa monette * pour l'engrosser à distance, avant même de lui avoir enfilé mon voit-tout * né coiffé...

Avec un si magique passé au sentier * ensoleillé de la gloire, je ne me voyais pas en train d'allumer des rétrofusées * dans la nuit d'un autre mâle. J'étais absolument incapable de danser la valse à l'envers avec William Fowler ou d'aller au lit à son appel pour des forages *off shore*[2].

Grâce à Dieu : les seins à Lida étaient une paire de lunettes d'astronomie pour l'observation du neuvième ciel étoilé. Quant à son sexe, à l'heure de la cuisson solaire, ma solitude y trouvait un feuilleté * de rêve...

Jusqu'à l'instant du rendez-vous ces métaphores m'aidèrent à calmer l'impatience que j'avais de mettre les points sur les « i » à sir Bill.

---

1. Jumelles, en haïtien.
2. Selon le Larousse : se dit de la partie de l'industrie du pétrole comprenant la prospection, le forage et l'exploitation des gisements situés au large des rivages.

6

A cinq heures du soir je franchis sans nervosité les cent mètres qui séparaient nos deux pavillons à la Cité. Le printemps pressenti la veille n'était pas une fausse alerte au renouveau : sa belle aventure avait aussi commencé dans les massifs de fleurs du parc. Chez les « dieux grecs », je frappai aux carreaux de la concierge.

— Madame bonjour, s'il vous plaît, monsieur Fowler, c'est quelle chambre ?

— Au 309, dit-elle, tout au fond du couloir, sur votre gauche.

Elle regarda le tableau des clefs.

— Oui, il est chez lui. Il vous attend sans doute, ajouta-t-elle, avec un sourire ambigu.

« Elle est au courant de ses mœurs », pensai-je.

Je portai un coup sec à la porte de l'étudiant américain. Il ouvrit aussitôt dans une senteur d'eau de toilette peu masculine.

— C'est gentil d'être venu. Tu es formidablement fringué! s'exclama-t-il.

— Lida et moi, on sort ce soir, dis-je sans y mettre de la provocation.

J'avais mis mon complet des sorties de fête, ayant l'idée d'inviter mon amie dans un des meilleurs restaurants de Saint-Germain-des-Prés.

— Installe-toi à ton aise, *my dear Stephen*. Tu seras mieux dans le fauteuil près du radiateur.

C'était la classique turne d'étudiant avec des rayons de livres aux murs, un poste de radio au chevet, une reproduction des *Tournesols* de Van Gogh au-dessus du lit. Tout était bien ordonné sur la table de travail.

Sir Bill avait remplacé l'austère réflecteur en métal de la lampe de bureau par un abat-jour de soie. Mon regard tomba ensuite sur des roses fraîchement arrangées dans un vase perché sur un empilement de bouquins. Fowler capta ma surprise.

— Je les ai choisies tout à l'heure pour toi, dit-il.

(Les points sur les « i » tout de suite, pensai-je, sans trahir mon irritation.)

— D'habitude c'est moi qui offre des fleurs!

— L'inverse peut avoir aussi son charme, murmura-t-il.

— Ce n'est pas du tout mon sentiment, monsieur!

— Ma lettre ne t'a pas plu, *darling* [1]?

— William Fowler, laissez-moi vous parler sans ambages : je n'avais pas une minute au monde que déjà des lèvres de jeune fille provoquaient la chute de mon cordon ombilical. Chez moi la cicatrice du nombril est le souvenir du premier baiser féminin. Ayons donc des rapports clairs et loyaux d'hommes.

Je regrettai aussitôt mon envolée.

1. Chérie.

– Que c'est bien dit, *my God*! Mon amour serait-il un poète lyrique en plus?

– Vos compliments sont tout à fait ridicules... et parfaitement déplacés!

– En colère tu es encore plus désirable, tu sais, *darling*!

– Cessez vos simagrées, monsieur. Autrement je m'en vais.

Je me levai.

– Ne pars pas. L'eau du thé doit bouillir, dit-il, en m'obligeant à me rasseoir. Aimes-tu le thé vert?

– ...

– Avec du citron ou sans?

– Ça m'est égal, monsieur.

Il réapparut avec les tasses fumantes sur un plateau. Il me tendit la mienne.

– Combien de sucre?

– Un.

Mes mains tremblaient tandis que j'avalais les premières gorgées. Le silence était oppressant.

– J'aime le tissu de ton complet. D'où vient-il?

– Du « Macy's ». J'y fis mes emplettes durant mon séjour aux États-Unis en 46.

– Tu connais mon pays?

– Juste après la guerre, en route pour Paris, j'ai été prendre à New York le bateau *L'Ile-de-France*.

– Durant la traversée tu n'as pas souffert de la discrimination?

– J'étais en première, le seul Noir à bord. Les voyageurs étaient pour la plupart des intellectuels français qui regagnaient leur pays après cinq ans d'exil en Amérique. En apprenant que je partais étudier à la

Sorbonne, le commandant du navire m'invita à la table d'honneur. Tout le monde se montra d'une exquise gentillesse à mon égard, y compris une pétulante interprète de Claudel qui me fit étrenner la volupté à la française.

— Votre couple a dû choquer les passagers blancs américains.

— Ils n'étaient pas nombreux : un couple d'universitaires de Yale, un évêque catholique de Chicago, et des gens d'affaires du Middle West. Ma présence n'eut pas l'air de gâcher le plaisir de leur premier voyage en Europe.

— Il n'y a pas plus hypocrite que les Blancs! Les mêmes, s'ils t'avaient croisé plutôt dans une rue de Memphis, ils t'auraient invité à changer de trottoir.

— Je n'ai jamais eu d'illusions à ce sujet. Jeune homme affamé de culture, j'étais à la droite du commandant d'un paquebot, en compagnie de membres éminents de l'intelligentsia française. L'amour aussi était de la partie. Le rapport des forces était en ma faveur.

— Sans compter, dit-il, que tu es de la terre à Toussaint Louverture, tu descends tout droit des Jacobins noirs!

— En effet, ce n'est pas rien.

La bouffée de solidarité « raciale » rétablit le courant de confiance interrompu entre nous.

— Tu prendras encore un peu de thé?

— Je veux bien, merci.

— Ton costard est drôlement bien coupé. Le pantalon est à fermeture Éclair ou avec les traditionnels boutons?

— Pardon ?

En guise d'explication, William Fowler se jeta littéralement sur moi.

— Voyons, monsieur, levez-vous, sinon je fais un scandale.

— On croira que c'est une scène de ménage ! On est à Paris.

— Espèce de maître chanteur, n'avez-vous pas honte ?

— Vas-y, *darling*, mets-toi bien en colère. J'aime tes yeux étincelants de nègre marron, tes mains incendiaires de plantations coloniales, ta grosse bite magique de dépuceleur d'adolescentes blanches !

— Salaud !

Je lui envoyai mon poing à la figure. Il esquiva le coup. D'une main il m'immobilisa les poignets. Il verrouilla mes jambes entre ses genoux. Coincé au fond du fauteuil j'étais complètement à la merci de sa force athlétique. Il essaya vainement de m'embrasser sur la bouche tandis que sa main libre vaquait rageusement à ma braguette.

— Fais voir la vibrante * à miss Pauline Bonaparte !

— Tu es dégueulasse ! *Maricon ! Son of a bich* [1] !

— Vas-y ! Perds-moi sous le drap brûlant de tes insultes ! *C'est si bon de baiser avec toi*, chantonna-t-il.

Prostré d'horreur et de dégoût au contact de la chair d'homme, j'avais envie d'appeler au secours. Mais une autre émotion, aussi impérieuse que l'effroi et la répulsion, figea mon appareil vocal. Il n'y avait aucune ivresse de méchanceté dans les yeux de mon agresseur. Ils étaient noyés dans une sorte d'implora-

1. Fils de putain.

tion au bord des larmes. Leur rayonnement tendrement sensuel trouait la cuirasse glacée de mon être
mâle. Y aurait-il en moi un talon d'Achille dont j'ignorais jusque-là l'existence ?

La bouche et le nez d'homme haletaient de plaisir
tout près de mon visage épouvanté par ce souffle lourd
et enflammé. J'étais de glace et je brûlais à la fois sous
le corps désespéré de ce garçon de ma « race ». Le
flambeau d'Éros, source de création et de beauté, qui
m'avait à tout jamais greffé aux racines de la femme,
éclairait d'une lueur inconnue le masque d'un homme
en pleine crise de possession. Ma chair, humiliée et
offensée, résistait de toutes ses forces viriles. En même
temps, elle semblait prête, de quelque manière, à
secourir la détresse sexuelle qui l'écrasait de son poids.

Un fait du plus haut comique vint me libérer de
l'angoisse à deux vitesses qui m'accablait. Les doigts
frénétiques de Fowler se heurtaient au mécanisme
défectueux de la fermeture Éclair de mon pantalon.
Du coup j'étais doté d'une ceinture de chasteté
comparable à celle qui protégeait jadis les dames de
haute lignée en l'absence du seigneur et maître de leur
étui * à clarinette.

Dans son transport, il ne vint pas à l'esprit de Fowler qu'il pouvait simplement défaire la boucle de mon
ceinturon pour parvenir à ses fins. Brusquement il
laissa en paix ma braguette rétive pour plonger la
main dans la sienne.

A mesure qu'il se masturbait il resserrait son
étreinte au risque de m'étouffer. Ses lèvres avides, à
défaut de s'emparer des miennes, portaient des bai-
sers-griffes à ma nuque. Je sentais les convulsions de

son corps en route vers l'orgasme. Sourdement il transmettait à mon sang rebelle au sang d'homme le tremblement qui progressait dans ses entrailles. Aucune femme, à cheval sur mon braquemart *, n'a jamais été saisie d'une secousse aussi violente que celle qui désarticula l'homme au moment de son plaisir.

Je profitai de son affaissement pour lui donner une bourrade. Il s'étala de tout son long sur le parquet. Je me levai d'un bond. Sans prendre le temps de rajuster mes vêtements, je m'enfuis dans le couloir et les escaliers heureusement déserts du Pavillon grec.

A travers le parc solitaire de la Cité je courus à perdre haleine vers Lida. Elle m'attendait au café de la Maison internationale. Toute la nuit d'avril elle passa l'éponge de sa lumière sur l'aventure que je venais de vivre.

L'INVITÉ
D'UN SOIR DE JUIN

1

Un après-midi de juin 1958, en longeant l'étuve de la Grand-Rue à Port-au-Prince, je me suis trouvé face à face avec mon ami d'enfance et ancien condisciple de classe : Laurent Sterne. On ne s'était pas encore rencontrés depuis mon retour au pays après douze ans à l'étranger. On se jeta dans les bras l'un de l'autre.

— Faux frère, dit-il, ça fait trois mois que tu es rentré. Tu n'as pas cherché à me revoir ni à connaître la femme que j'ai épousée. N'as-tu pas honte ?

— Je fais mon *mea culpa*. Ma faute est sans excuse.

— Gladys et moi nous te pardonnerons à une condition.

— Laquelle ?

— Nous sortons danser ce soir. Tu es invité à venir avec nous.

— Volontiers. Où m'emmenez-vous ?

— As-tu déjà été au « Tropicamar » ? Pas encore, tout tombe bien. C'est un coin de rêve, tu verras. Passe nous prendre après dîner.

Ce soir-là, vers neuf heures, j'arrêtai ma voiture

devant la maison des Sterne, à deux pas du célèbre
hôtel Oloffson. Le couple m'accueillit avec ferveur
sur les marches de la villa.

— Voici Gladys Sterne, dit Laurent, les yeux bril-
lants d'adoration.

— Alain Soleillet, mes hommages, madame.

— Madame! Tu entends ça, Glad? Monsieur a
ramené de Paris de bonnes manières. Dis donc, célibataire endurci, qu'attends-tu pour embrasser la beauté
sur terre?

Gladys me tendit les joues en riant. Elle avait de
grands yeux espiègles, le teint frais, le visage d'un
ovale très expressif, les cheveux coiffés en chignon, les
seins souverains. Son port, distingué et sensuel, était
celui d'une Haïtienne fascinante, indiscutablement.

— Arrosons au champagne nos retrouvailles, dit
Laurent.

Un instant après on levait nos coupes pleines.

— Au retour de l'enfant prodigue, dit Gladys.

— A notre amitié, dis-je.

— Au trio le plus libre de la Caraïbe, s'exclama
Laurent.

— Une dernière touche à ma toilette, et je vous
reviens, dit Gladys, en s'éclipsant.

Aussitôt sa femme partie, Laurent me demanda à
brûle-pourpoint:

— Aimes-tu encore danser?

— Bien sûr, peut-être plus qu'autrefois. On danse
beaucoup à Paris. J'ai fait aussi un long séjour au
Brésil.

— Ce veinard a vécu partout! Tu nous raconteras le
carnaval de Rio. Au fait, enchaîna-t-il, est-ce seule-

ment en Haïti qu'on applique au bal le principe du
levier * ?

– Le principe de quoi ?

– Aurais-tu perdu nos meilleurs usages ? La loi du
grand bâton * au père Archimède ?

– ...

– Le merveilleux principe du : « Oh hisse ! à la
force du zoizeau * à tante Zaza * ! »

Cette fois j'avais saisi l'allusion libertine.

– Au bal, dis-je, un adulte dispose tout de même de
moyens de séduction plus raffinés. Ton principe est
une arme d'adolescent.

– Vive l'adolescence en armes, mon cher ! Le levier
bandant * reste un prince toute la vie ! Si tu ne le faisais pas sentir à ta danseuse, tout docteur en Sorbonne
que tu es, tu passerais en Haïti pour un incivilisé, un
rustre, un mâle nègre taillé à coups de hache !

– Quel que soit mon degré d'intimité avec la cavalière ?

– Peu importe. Dès la première danse, le général
Méphisto *, en état d'énergie, doit manifester sans
détour sa vocation à soulever la beauté du monde.
Avant toute galanterie, c'est à sa fougue d'étalon
qu'une femme-femelle reconnaît d'emblée un macho
tout de bon. Tu as compris ?

La rentrée de Mme Sterne au salon me permit
d'éluder la question.

– Me voici prête, messieurs, dit-elle, dans tout son
éclat.

– Partez en avant, ma voiture vous suivra, dis-je.

– Monte plutôt avec nous dans la Chevrolet, dit
Laurent. Tu laisses la V.W. garée ici.

Je m'apprêtai à prendre place sur le siège arrière de leur auto quand Laurent me prit par le bras.

— Tu ferais un tel affront à Glad ? Voyons, assieds-toi à ses côtés.

2

On traversa le quartier du Bas-Peu-de-Chose vers la sortie sud de la ville. On ne tarda pas à rouler sur la route de Carrefour. Dans la baie, à notre droite, une flottille de petits bateaux de pêche gagnait à la voile le golfe poissonneux de la Gonave. La nuit était tiède et claire sous le scintillement dru du ciel. Laurent était fou de joie. Il dépassait en trombe les taps-taps [1] sous les malédictions des chauffeurs et des passagers. De temps à autre, des files de piétons, atterrés par les phares, se précipitaient dans les bas-côtés de la voie.

– A chacun son tour, dit Laurent. Alain et moi nous avons pris ce chemin des centaines de fois, à pied.

– Ça me paraît hier, les années 40, dis-je. On allait danser et draguer à « La Rivière froide ». On ne loupait pas une seule fête champêtre au bord de l'eau.

– Vous aviez du succès ? demanda Gladys.

– Alain en avait plus que moi, dit Laurent. A dix-

[1]. Bus populaire, aux parois en bois, bariolé de peintures naïves et d'inscriptions surréalistes.

sept ans, il était déjà tout un Don Juan. Il nous arriva cependant d'avoir la même petite amie. Je me souviens surtout de Cécilia. Quels tours de reins avides, foutre-tonnerre!

— Tu te trompes de courbes, dis-je. Je n'ai pas vécu les spirales à Cécilia Fontant, ta liaison de Kenskoff. Fin 43, à « La Rivière froide », nous avons plutôt partagé l'aînée des Bellerace, la gloutonne Annabel!

— Tu as raison, vieil éléphant, dit Laurent. Elles étaient trois sœurs à croquer : Annabel, Paola, et la benjamine de la famille qui avait un nom de pays.

— Ti-France!

— Après un double dépucelage maison, toi sur Ti-France et moi la Paola, on a soufflé ensemble sur les braises à Annabel. Au début on se la faisait à tour de rôle, l'un le soir dans la rivière; l'autre le jour dans une bananeraie. Un samedi de juillet elle décida que ce serait nos deux têtes chercheuses * à la fois, ou rien. Ainsi elle nous fit prendre goût au jeu de la bête à trois dos * !

— Dans ce jeu n'y avait-il pas un dos en trop? demanda Gladys.

— Peut-être le mien, confessa Laurent d'une voix étranglée.

Entre nous trois il y eut un moment de gêne intense. Gladys le dissipa en tournant fort à propos le bouton de la radio de bord. Une chanson à la mode envahit l'auto. On l'écouta sans parler jusqu'au « Tropicamar ».

Ce soir-là, le dancing était très animé. A notre arrivée l'orchestre attaquait un de ces rythmes de tcha-tcha-tcha qui mettent le feu aux boyaux. Plusieurs couples se frayaient fiévreusement un chemin entre les rangées de tables vers la piste en effervescence. Mes amis trépignaient avec une impatience de jeunes chevaux.

— Ne perdez pas ce morceau, allez danser, leur dis-je. Je m'occupe de retenir une table avec vue sur la mer.

— Laisse-moi faire, dit Laurent. Tu es l'invité, à toi l'honneur.

— Voulez-vous danser, monsieur ? fit Gladys, très ironique.

— Avec plaisir, madame, répondis-je du tac au tac.

Je lui emboîtai le pas dans la plus complète perplexité. Malgré mon passé de libertin, c'était la première fois qu'un copain me jetait dans les veines les appas de son épouse. Devais-je sans façon *hisser* Gladys conformément au principe de physique cher à son mari ou la tenir à distance d'une main légère?

J'optai pour le second parti : j'évitai de me rapprocher trop près de sa grâce ondulante tandis qu'on exécutait le mieux qu'on pouvait les figures chaudes du tcha-tcha-tcha. Sa beauté ne cessa pas pour autant de me chambouler le sang. C'était déjà la fête, la joyeuse priapée, rien qu'à regarder vivre et s'enflammer à merveille sa bouche carnassière, son sourire, son jeu de fossettes, ses bras et ses mains de proie, ses épaules nues, ses hanches et leurs courbes incendiaires, *mamma mia*!

Elle dansait à la perfection. J'avais un plaisir intense à essayer de danser aussi bien qu'elle. Je bandais comme un cerf italien au printemps. Jusqu'au bout je résistai toutefois à l'envie de serrer contre le robinet des boit-sans-soif * la chaufferette * de luxe qu'était le devant de son corps.

A la fin du morceau, Laurent nous accueillit à la table sur un ton de badinage.

— Ma superbe moitié revient du septième ciel!

— Ton épouse est une excellente cavalière, dis-je.

— La monte ne lui donne pas trop de vertiges?

— Elle danse excellemment.

— Ton ami Alain, dit Gladys, est un danseur accompli, doublé d'un gentilhomme.

— Tu aurais tort, dit Laurent, de prendre ces mots pour un compliment. C'est sa manière sournoise d'insinuer que tu es né sous un mauvais astre, en somme un malotru. Tu es homme à relever le défi dès la prochaine danse!

— Ce que tu peux être mufle toi, dit Gladys en

riant. Danser donne soif, verse-nous à boire de préférence.

Laurent sortit de son seau la bouteille de champagne et remplit nos trois flûtes.

– A l'imagination du couple Alain-Gladys, trinqua-
t-il en notre honneur.

– A notre amitié, riposta Gladys en même temps
que moi.

4

La joute conjugale devait durer toute la soirée sans déboucher cependant sur la vraie scène de ménage. Le couple se fit une guerre sourde sans se décider à livrer vraiment bataille pour l'enjeu érotique que j'étais devenu entre les deux. La situation était à la fois scabreuse et follement excitante pour l'esprit libre que j'étais.

Quand c'était à moi de faire danser Gladys, au retour de la piste, son mari nous scrutait l'un et l'autre avec une curiosité perverse et railleuse. Après un slow particulièrement langoureux il força sa dose de raillerie.

— Ça y est, dit-il, la loi d'Archimède a joué cette fois!

— On a continué à *faire l'amitié* de plus belle, dit Gladys.

— Je trouve ça merveilleux, dis-je.

— Entre homme et femme, *faire l'amitié*, comme tu dis, est la manière la plus honteuse de forniquer. Rien de plus nuisible à la santé, et contraire au savoir-vivre!

– C'est un commerce trop délicat pour le général Méphi Méphisto *! décocha Gladys.

– Ne vous querellez pas, mes amis, dis-je. Entre deux copains de toujours et une admirable épouse, l'amitié peut être une fête : n'est-ce pas le cas, cette nuit ?

– *Una fiesta de amor* [1], dit Laurent, c'est un vaudou à trois dos!

– Rappelle-toi, dit-elle, dans toute cérémonie à trois dos *sobra siempre una espada* [2]!

A ces mots la bataille parut inévitable entre eux.

– Allons, dis-je, n'abîmons pas cette agréable soirée. D'ailleurs il est deux heures passées, il faudrait songer à rentrer.

– Alain a raison, dit-elle, tout le monde au dodo!

– *A trois dos nou praler dodo* [3], chantonna Laurent, plus provocateur que jamais.

– Demande plutôt l'addition, veux-tu, mon chéri ?

1. Une fête d'amour.
2. Au lieu de dire : il y a toujours un dos en trop, Gladys a joué malicieusement sur la consonance voisine des mots espagnols *espalda*, qui signifie « dos » et *espada* * qui veut dire « épée », par l'omission du 1 (comme Laurent ?), et verge.
3. A trois dos allons faire dodo! (en haïtien).

La note réglée, on reprit le chemin de la ville. Cette fois Gladys tenait le volant, Laurent s'était installé au siège arrière après m'avoir imposé de nouveau la place d'honneur. Gladys conduisait bien, de tout son calme, uniment, sans reprises intempestives. « Au lit, pensai-je, elle est sûrement une femme à plus de quatre vitesses. A la cinquième seulement doit apparaître son rythme de libération. »

Pour la première fois depuis notre rencontre je nous représentais en train, à corps éblouis, de tenir grand et merveilleux déduit. Mes inhibitions du début de la soirée s'étaient volatilisées. Je me sentais capable de faire face à sa tempête de femme-jardin.

Laurent fut le premier à interrompre le redoutable silence du retour à la maison.

— J'ai tout de même une compagne du tonnerre! dit-il tout haut, comme s'il concluait dans la joie un débat intérieur commencé avec anxiété. Tu as vu, Alain, ses pires menaces sont encore des mignardises de chouette camarade de lit!

— A ta place, dit-elle, je ne mettrais pas ma main au feu!

— Entre deux draps, il n'y a pas de feu plus chouette que ce formidable morceau de femme! insista-t-il.

— Tu l'auras bien cherché, toi! dit-elle, avec une rage soudaine.

Elle ne perdit cependant pas son sang-froid de chauffeur d'élite. Elle ralentissait ou accélérait au moment où il le fallait, évitant les nids-de-poule et les fondrières de la route déserte. Quand elle stoppa en douceur devant la villa, Laurent sortit aussitôt de son mutisme des trois derniers kilomètres.

— Tu prendras encore un verre avec nous? me dit-il.

— L'avant-jour est déjà là, dis-je. Est-ce bien raisonnable? (Le terrible hypocrite en moi bandait aux dernières étoiles!)

— Voulez-vous de préférence une tasse de café? dit Gladys.

— Du café? Ce n'est jamais de refus, dis-je...

6

Tandis qu'elle coulait le café à la cuisine, je me trouvai assis au salon, en face de Laurent, à la même place où, quelques heures auparavant, il me faisait mordre à l'hameçon : «Aimes-tu encore danser?» Laurent éteignit le lustre du plafond et alluma une discrète lampe de table à abat-jour vert bouteille.

— Pas trop fatigué? dit-il.

— Pas du tout, en pleine forme. De toute façon on est samedi.

— Tu peux coucher ici. On a une chambre d'hôte.

— Je te remercie. Il me faut partir; à neuf heures j'ai rendez-vous à la maison avec un notaire.

— Une bonne affaire en vue?

— Non, un petit héritage à recueillir. Madame Brévica Losange, tu sais, la fameuse *mambo* [1] de Jacmel, était une proche parente de mon père. On l'a enterrée à cent neuf ans, le jour même de mon retour! Elle avait pensé à moi dans son testament : neuf carreaux

1. Sacerdote du vaudou.

de terre à cabris à Civadier, à deux cents mètres en
haut de la plage.

— Sacré Alain! Serais-tu né avec une coiffe?

— Coiffé et les pieds devant...

— *Siete pares de cojones, verdad* [1] *?*

— Pas tant que ça, dis-je, en tapotant le bois du fauteuil d'acajou...

— Seriez-vous en train de conspirer? fit Gladys,
dans son odeur de café frais.

— On parle de la bonne étoile d'Alain, dit Laurent.
Pour sûr elle est contagieuse!

— Quel est votre signe? dit-elle.

— Vierge : je suis né en plein cyclone d'une nuit de
29 août. Et vous Gladys?

— Devinez plutôt.

— Je vous imagine Poisson ou bien, je ne sais pas
moi, Capricorne.

— Vous avez perdu : je suis Lion.

— C'est à une bête fauve que nous allons confier
notre sang, dit Laurent.

— Ce sera bien fait pour ton dos! dit-elle.

L'arôme délicieux montait de la somptueuse obscurité de sa chair même. Elle remplit les trois tasses.

— Deux sucres? me dit-elle.

— Un seul, s'il vous plaît.

Le sourire aux lèvres, elle me tendit la tasse chaude.

— Quel café exquis, dis-je, après l'avoir goûté.

— Tu entends, Laurent? Toi qui te plains parfois.

— Que dira Alain de ton prodige de pousse-café ★?

— Ça restera un mystère entre lui et moi, dit-elle, en
jetant les bras autour de mes épaules.

---

1. Sept paires de couilles, en vérité?

— Dans ce cas, dit Laurent, je suis de trop sous ce toit!

Il lança violemment le café brûlant à la tête de sa femme et gagna la porte sans se retourner. On l'entendit démarrer sur les chapeaux de roue. Depuis, personne en Haïti ne saurait dire où est passé l'éminent professeur d'espagnol Laurent Sterne. Jeudi dernier, Gladys et moi, en couple heureux, nous avons célébré avec quelques amis le neuvième anniversaire de ce soir de juin.

COQ GAULOIS AU VIN
DE PALME

1

En ce temps-là, Mimi et moi, nous vivions notre histoire d'amour à São Paulo. On occupait, rue Frei Caneca, un logement ensoleillé, dans une pension de luxe tenue par une dame d'origine magyare. On donnait des leçons de français (très bien payées) à des adultes de « la ville aux perpétuels travaux qui font pousser les immeubles comme les champignons ».

On avait pris l'habitude de nous arrêter, à la fin du jour, à une librairie, au 19 de la rue du Baron-de-Itapetininga. Ce nom nous fascinait autant que les bouquins et la conversation du libraire brésilien. Alvaro Ramos da Rosa, neveu d'un célèbre écrivain, était toujours rafraîchissant de savoir et de gaieté. Il avait un goût doublement sûr : pour les livres qu'il nous conseillait d'emporter et quant aux gens qu'il prenait plaisir à nous faire rencontrer. Grâce à lui on ne manqua ni de lectures ni d'amis de qualité.

Un après-midi on le trouva en compagnie d'un Africain aux façons désinvoltes, vêtu élégamment d'un blazer bleu marine et d'un pantalon de flanelle grise.

– Je vous présente le Dr Sem Masséna, du Sénégal, dit Alvaro. Il est à São Paulo le seul homme capable d'avaler deux ou trois livres par jour, tout en restant efficace et ponctuel côté gagne-pain et sur maints autres fronts. A lui de décliner ses autres titres de gloire.

– Une chose crève les yeux, dit le séduisant médecin, je ne descends pas de « l'Enfant chéri de la Victoire », comme Napoléon appelait un de ses maréchaux [1]. Dieu merci, je suis né de ma propre rage de vivre. Un soir de tempête dans une île au large de Dakar, j'ai conçu le scandale de mes jours. Je suis fils du feu de joie de mes deux! Pour quoi faire, d'après vous, madame?

– Ma femme n'en a aucune idée, dis-je, à la place de ma moitié au souffle coupé.

– Pour la guerre sainte que je mène : je fais revenir vos congénères de l'idée arrogante qu'ils ont d'eux-mêmes. Invariable plat du jour à mon menu décolonial de chef : fricassée de coq gaulois au vin de palme!

– N'en croyez pas un mot, intervint Alvaro. S'il était en guerre avec la France, le Dr Masséna n'aurait pas laissé tomber la médecine pour mettre autant de zèle que votre couple à enseigner aux Brésiliens le bon usage de la langue française.

– C'est que la France est plus étroite, et infiniment moins belle, que son idiome légendaire. Oui, madame, la « doulce France », réelle et politicienne, fille aînée de l'Église ou pas, institutrice des nations ou pas, passe à la casserole de papa Masséna. Foin

1. André Masséna (1758-1817), maréchal de France qui se distingua à Rivoli, Zurich et Wagram.

de cocorico! Marianne, au matelas! Marianne, au matelas!

— Si c'était vrai, reprit en riant Alvaro, l'interne des hôpitaux de Paris qu'il est, au lieu de se griser, chez un libraire, au vin blanc d'Anatole France, serait plutôt en train de réussir sa troisième intervention chirurgicale de la journée.

— N'est-ce pas de la chirurgie du cerveau que j'exerce? J'opère madame et les siens de l'incontinence d'adrénaline dont souffre l'histoire de leur République.

— A qui, croyez-vous, vont les enthousiasmes de ce tirailleur en colère? A Jacques Laurent, Michel Déon, Roger Nimier. Il a l'esprit exercé à la bohème de Paris. Son Hussard préféré s'appelle Antoine Blondin. Il sait par cœur son dernier roman [1].

— « Denise, récita gaiement Masséna, nous était arrivée en juin 40 avec un matelas sur la tête. Je n'avais eu de cesse que je ne le lui eusse mis sous les reins. Ce point acquis, nous avions construit un pavillon en meulière autour de ce matelas, entrepris un élevage autour de ce pavillon. J'ignorais si je devais me montrer au nombre des deux millions de prisonniers dont il était question. » Je ne manque jamais cet unique mois de juin de la vie, ajouta Masséna. A l'instant même, le matelas à Denise m'attend dans une chambre de l'hôtel Eldorado-Hygiénopolis. Je me sauve, cher baron de la Rose! Quant à vous, mes camarades, à la prochaine!

1. *L'Humeur vagabonde*, Antoine Blondin, La Table Ronde, 1955.

Le Dr Masséna envolé, Alvaro devina qu'on avait hâte, Mimi et moi, de percer le mystère de ce phénomène de disciple d'Esculape.

— Il est le meilleur client de la librairie, dit-il. Monté sur des ressorts en acier chromé, il vit à 300 à l'heure. Ses dix classes de français par jour sont dispersées à travers l'énorme agglomération pauliste. Il trouve encore le temps, outre ses orgies de lecture, de faire, comme il dit, « briller chaque jour une demi-douzaine de beautés brésiliennes ». Il arrose ses fêtes d'autant de chopes de cachaça [1]. Mais plus avance sa connaissance de la langue et de la fiction françaises, plus augmente son ivresse mystique contre la France en chair et en os. L'actuel consul général, madame Moussinet, en voit des vertes et des pas mûres!

— Raconte, Alvaro, dit Mimi.

— Une fois par mois, Masséna fait un raid au consu-

1. Eau-de-vie de canne.

lat de l'avenue Ipiranga. Il est la terreur des
employés. Cependant ceux-ci observent à la lettre la
consigne du chef de mission : « Laissez le Dr Masséna vider librement sa besace de malédictions. Ne
réagissez surtout pas à ses anathèmes. Quand son
dépit amoureux n'est pas sous l'effet de la boisson,
il n'y a pas au Brésil de plus chaud partisan de la
culture française. »

— Raconte encore, dis-je.

— A sa dernière visite, la salle d'attente était bondée
de jeunes filles d'un collège aristocratique. Il les a
humiliées en réclamant à grands cris « le bon Dieu de
patronne à ce minable bordel d'écolières ». La belle
madame Moussinet s'est avancée vers lui avec les
égards qu'elle lui témoigne habituellement : « Bonjour, docteur Masséna, quel bon vent vous amène ce
matin ? Écoutez, qu'il a dit, avalez vos pilules au faux
miel. Vous reconnaissez le document que j'ai à la
main ? Savez-vous ce que je compte faire de votre pas-
seport ? De ce pas je rentre à l'hôtel : je vais me tor-
cher avec ! »

— Le consul a fait appeler la police ? dis-je.

— Pensez-vous. Il ne sert à rien de jeter de l'huile
sur la ferveur déçue. Sans perdre son sang-froid Renée
Moussinet a dit : « Bravo, docteur, si tel est votre rêve
de toujours, réalisez-le en public, ici même, sous les
yeux de ces splendides adolescentes. La France en a
vu d'autres, vous le savez bien. » A ces mots, Sem Masséna, avant de tourner avec grâce les talons, a fait un
baisemain au consul, suivi d'un éclatant : « Mes res-
pectueux hommages, chère madame de Pompadour ! »

3

A notre seconde rencontre à la librairie Parthénon,
Mimi répondit glacialement au salut radieux de Sem
Masséna. Je lui battis le même froid sibérien. Notre
accueil parut le contrarier au possible. Avec une mine
d'enfant repentant, il allait d'un rayon à l'autre, pro-
menant sur les ouvrages un œil distrait et malheureux.
Alvaro absent, il était un prédicateur dans un temple
vide au fond du Labrador. Au bout d'un moment, je le
vis se diriger vers nous.

— Puis-je vous dire un mot, monsieur Ricabier ?

Il me prit à part d'un air de conspirateur.

— Vous êtes un redoutable jaloux, mon frère, dit-il à
brûle-pourpoint. Plus jaloux que le méchant lion de la
savane, vous êtes, mon frère, un monument équestre à
la jalousie ! Si, si, à quoi bon le nier. A votre place quel
mâle ne le serait pas ? J'ai toutefois un *gentlemen's
agreement* [1] à passer avec vous : en échange de l'amitié
du couple, j'envoie au diable le foutu matelas que je

1. Un arrangement entre gentilshommes.

mets sous les courbes à Jeanne, Francine, et autres Denise-Marianne! C'est d'accord?

Sans attendre ma réaction à sa proposition, il me saisit les deux mains dans les siennes.

— La guerre froide entre frérots de la même tribu? Il ne manquerait plus que ça! Encore une histoire de Blancs! Évitons de tomber dans leur piège à cons. Allons donner la bonne nouvelle à madame Ricabier.

Bras dessus bras dessous on rejoignit Mimi dans le coin où elle bouquinait.

— Madame Ricabier, dit Masséna, Othello n'aura pas à étrangler sa superbe Desdémone des Champs-Élysées! Il vaut mieux qu'on forme un trio de joyeux copains, voulez-vous?

— A une condition, fit Mimi.

— Laquelle, votre altesse royale?

— Que vous cessiez, docteur, d'offenser ma patrie, il n'y a pas plus parigot que vous.

— Masséna Sem a été conçu au dernier étage de la tour Eiffel? Une nuit de 14 juillet, bien sûr. On aura tout vu et entendu.

Notre sentiment de victoire sur Masséna fut de courte durée. En sortant ensemble de la librairie vers un café du quartier, on tomba sur Alvaro qui y revenait. Un coup de fil de sa femme l'avait rappelé à leur domicile au milieu de l'après-midi. Silvana avait fait une chute spectaculaire dans la salle de bains.

— Elle n'a pas voulu qu'on fasse venir un médecin. Elle prétend avoir eu plus de frousse que de mal. Je l'ai laissée au salon avec un verre de whisky soda et un roman de Virginia Woolf.

— Tu as oublié, dit Masséna, que je ne prends pas d'honoraires aux potes et à leurs femmes ?

— Tu es bien le dernier spécialiste de la ville que j'appellerais en consultation au chevet de ma femme. Mais, beau joueur, je vous invite tous les trois à la maison. Le temps de fermer la librairie, je vous emmène. Silvana sera ravie de vous offrir l'apéritif.

Les Ramos da Rosa habitaient, au 29 de la rue Nicaragua, une villa cossue, au beau quartier de Jardim Paulista. Sur le parcours, dans la voiture d'Alvaro,

Masséna n'arrêta pas de nous faire rire aux larmes. Il fit un cinéma très drôle du « pacte de non-agression » qu'il venait de signer avec Mimi et moi.

– Il va falloir, dit Alvaro, négocier très vite un de semblable avec Silvana et moi.

– Allons-y pianissimo! Encore faut-il voir la pomme de discorde!

Silvana Ramos da Rosa nous reçut en peignoir, allongée sur un canapé de la salle de séjour. Sem Masséna la voyait pour la première fois. Il découvrit l'un des prodiges génétiques de São Paulo. Dans les lieux publics, fillettes, gamins et vieillards lui demandaient des autographes comme à une star du cinéma. A la plage de Guaruja, quand elle se promenait en bikini, tous les vivants du règne animal et de sexe masculin, de l'homme le moins macho au crabe le plus frigide, s'arrêtaient pile au soleil de son passage : l'érection de leur vie les tenait pour une demi-heure cloués sur place dans le sable en feu!

– Où avez-vous mal, madame? dit le Dr Masséna.

– A vrai dire, docteur, nulle part. Peut-être un léger malaise à l'épaule droite. S'il y avait luxation, ce serait plus douloureux, n'est-ce pas?

– Je ne peux vous répondre avant de vous avoir examinée. Le permettriez-vous?

– Allez-y, docteur. Je serai au moins rassurée.

Mimi et moi on avait rejoint Alvaro qui préparait les boissons dans la zone des livres du living. Notre Cinzano à la main, on s'émerveillait du nombre impressionnant de volumes de la collection la Pléiade que notre ami avait réunis dans une spacieuse bibliothèque anglaise.

– Tu as là le trésor du siècle, dis-je à Alvaro.

– Il manque plusieurs auteurs : Beaumarchais, le cardinal de Retz, Musset sont absents. J'espère avoir un jour la collection entière.

– C'est aussi notre rêve, dit Mimi. On a seulement Malraux, madame de Sévigné et Chateaubriand.

A l'autre bout de la pièce la conversation du médecin et de Silvana nous parvenait clairement.

– Il n'y a pas l'ombre d'un déboîtement de l'épaule. Auriez-vous, en tombant, heurté le bord de la baignoire ?

– Non, tout bêtement j'ai perdu l'équilibre au moment de passer la sortie de bain.

– Respirez, s'il vous plaît. Encore une fois. Plus profondément.

Mimi eut comme moi envie de risquer un coup d'œil dans leur direction. Pour croire nos yeux on avala en même temps une rasade d'alcool. Sem Masséna parlait comme s'il auscultait. En réalité, il avait les mains en balade sous le peignoir à Silvana. Il lui lutinait les seins et les fesses.

– Inutile de vous prendre la température, disait-il. Pas de fièvre. Tout de même, quelle santé de volcan pour la fraîcheur de don Alvaro !

A entendre son nom, Alvaro se retourna. A son tour il décela le pot aux roses. Il ne trahit pas son égarement.

– Excusez-moi, dit-il, en sortant.

On crut qu'il allait à la toilette. Il revint précipitamment dans la pièce par une autre porte. On entendit les détonations. Sem Masséna succomba sur-le-champ aux balles de colt 45 qu'il reçut dans tout le corps. Le neuvième projectile de l'arme, après lui avoir traversé de part en part les tempes, finit sa trajectoire dans la tête de Silvana. Le meilleur chirurgien de São Paulo estima qu'il y avait plus de danger à l'extirper qu'à le laisser. Là où il s'était logé, il ne devait altérer en quoi que ce soit le merveilleux équilibre de la jeune femme.

Silvana et Alvaro vieillissent doucement sur une colline ensoleillée qui domine la plage de Guaruja. Ayant fait un séjour chez eux l'hiver dernier, j'ai des nouvelles fraîches de leur amour : ils ont appris à gérer sagement les conflits conjugaux, sauf un : Alvaro m'a confié, les larmes aux yeux, qu'il est encore torturé par le bout de métal qui, après avoir été une seconde l'hôte du sang de Masséna, s'est installé aux premières loges pour jouir librement des spectacles oniriques qui ont lieu chaque nuit sous les somptueux cheveux gris de Silvana.

SAMBA POUR CRISTINA
DE MELO PESSOA

1

C'était il y a trente-neuf ans, peut-être c'était il y a quatre cent trente-neuf ans, j'enseignais alors le français à São Paulo. Je recrutais mes élèves grâce à l'annonce que je faisais passer dans le fameux quotidien *O Estado do São Paulo* : « Jeune poète diplô. Univers. Paris. donne leç. franç. à domic. aussi clas. littér. Pédag. viv. et effic. » Suivait le numéro de téléphone où me joindre tôt le matin.

Sur les conseils d'un ami « blanc », j'avais enlevé l'adjectif *haïtien* après *poète*.

– Tu n'auras pas un seul appel autrement, m'avait dit Alvaro. Après les grandes cités des U.S.A. São Paulo est, juste avant La Havane, l'agglomération la plus raciste de l'hémisphère occidental. Ici deux choses se multiplient mieux que les champignons : vers les hauteurs, le gratte-ciel; vers les égouts, la superstition raciale! Dans votre couple mixte, le prof à la mode ce sera Mimi, peau blanche oblige!

Au téléphone, les parents intéressés par mon cours se mettaient sans difficulté d'accord avec moi. Le rituel autour de la prononciation de mon nom était plutôt amusant.

– Allô! A qui ai-je l'honneur de parler?

– Alain Ricabier.

– *Señhor* Allah Ricard-Bière?

– Permettez-moi d'épeler. Le prénom : *a* comme Alvaro, *l* comme Lins, *a* comme Alagoas, *i* de Ingeborg, *n* comme Nabuco. Le nom : *r* comme Rachel, Ingeborg à nouveau, *c* de Carmen, *a* de Alvaro, *b* comme Belo-Horizonte, Ingeborg, *e* de Emilio, *r* comme Roger.

– *Doutor* Allen Ricabiéré?

– Parfait, vous savez mon nom.

– Paris sera toujours Paris!

– Merci! On est d'accord. A bientôt.

La rigolade cessait au seuil des familles. Si c'était un édifice, le gardien en uniforme au rez-de-chaussée me montrait de l'index l'escalier de service. Même fringué comme le gouverneur de l'État de São Paulo je serais un garçon livreur à ses yeux. Quand je précisais ma fonction, je me faisais agonir de quolibets comme celui que m'assena un soir un gorille qui était le sosie de Clark Gable.

– Vous enseignez donc le français aux Blancs, n'est-ce pas? Moi j'apprends le droit romain au personnel d'Itamarati [1]. Un gros mot de menteur de plus je vous casse un bras! Allons, ouste! hors d'ici, marquis de carnaval *carioca* [2]!

Des incidents de ce genre j'en avais à tous les coups. Sans mon passé de judoka à la Cité Universitaire de

1. Le quai d'Orsay brésilien.
2. L'habitant de Rio de Janeiro.

Paris, il y a longtemps que personne n'eût voulu de mes os. Pas même pour faire des boutons de livrée.

Une autre épreuve m'attendait à la sortie de l'ascenseur : la déconvenue de la maisonnée – père, mère, futur élève – à voir débarquer un *preto* [1] amidonné, au lieu du champagne parisien qui était attendu. Je subissais un sévère examen de passage pour *monter* de mon état naturel de garçon de course à celui d'enseignant de la langue de monsieur Rabelais.

---

1. Noir, en portugais.

L'appel de Cristina de Melo Pessoa me parvint un lundi de bonne heure. Mimi venait juste de partir. J'étais à mon tour sur le point de sortir.

— Allô! Qui est à l'appareil s'il vous plaît?

— Alain Ricabier. Laissez-moi épeler...

— Professeur Alain Ricabier, dit-elle, j'ai lu votre annonce dans *O Estado*. C'est la littérature qui m'intéresse. Voulez-vous passer chez moi dans la journée? (Diction impeccable, timbre de voix à la Greta Garbo.)

— Je suis désolé, madame. J'ai aujourd'hui un horaire chargé, jusque tard dans la soirée. Un instant si vous le permettez. Voyons voir... mardi idem... tenez, mercredi, en fin de matinée, ça vous convient?

— C'est d'accord, monsieur. Voici mes coordonnées.

Aussitôt après avoir raccroché, j'appelai à chaud Alvaro à la librairie Parthénon.

— Allô! don Alvaro, bonjour! Ma nouvelle élève a une voix de star. Devine qui c'est?

— Une actrice de théâtre? Marina de la Costa?

– Non, cherche.

– Je ne sais pas moi, Inge Wolf, la danseuse étoile?

– Non. Elle porte un double nom de poète d'expression portugaise.

– Ne me fais pas languir, qui est-ce?

– Cristina de Melo Pessoa!

– Parles-tu sérieusement? C'est le tout dessus du panier à São Paulo! Au premier rang d'une famille-de-quatre-cents-ans [1]! Son père est ambassadeur aux Nations unies. Elle a épousé Fernando de Melo Vespucci. Jeune rival du milliardaire Matarasso, son mari brûle vingt idées à la minute. C'est une once blonde en affaires. Je te sens en flammes au bout du fil. Fais gaffe: si Cristina a été miss Brésil avant son mariage, Fernando, lui, est un ancien champion de tennis et de tir à la carabine...

---

1. On appelle ainsi au Brésil les descendants des premières familles de colons portugais installés dans le pays.

3

La résidence des de Melo Pessoa confirmait le dessin d'Alvaro. A mon coup de sonnette au portail une soubrette fraîche comme une infirmière chez les fées, dès le milieu de l'allée, tomba en arrêt devant mon apparition.

— On n'attend personne, dit-elle. On n'a besoin ni de chauffeur ni de jardinier.

— Vous parlez au professeur de français de Madame. Annoncez-lui mon arrivée, sans plus, compris ?

— Professeur de dona Cristina, dis-tu ? Je te préviens : le berger allemand est très méchant avec les gens qui ne lui plaisent pas !

— Foin de conneries ! Suffit ! Faites ce que je vous ai dit.

Au même moment, sur le perron de la villa, Cristina de Melo Pessoa prit en main les choses de ce mercredi 9 du neuvième mois de l'année.

— Franca ! Ne discutez pas. Ouvrez au professeur !

(Tête de Franca face à l'accueil souriant que dona Cristina fit à mon baisemain.)

– Ma femme de chambre vous aurait-elle offensé ?

– Pas le moins du monde. Elle a été très correcte. (Nouvelle tête de Franca qui se voyait déjà jetée à la rue sans merci de São Paulo.)

Le français était quasiment la langue maternelle de Cristina. Depuis l'enfance elle le parlait sans le moindre accent. Fille de diplomate, après ses années de collège à Lausanne, elle avait vécu à Genève et à Bruxelles, avant de suivre un cours de civilisation romane à la Sorbonne. Mais depuis son mariage, sa tasse de café c'était plutôt l'anglais.

– J'ai pris comme qui dirait des rides à l'âme, dit-elle. Voulez-vous me les enlever ? Sans exposés ex cathedra toutefois. Plutôt, deux fois par semaine, une paire d'heures de conversation, à bâtons rompus, autour des thèmes qui passionnent ces temps-ci l'Europe cultivée. Où en est le duel Camus/Sartre ? Que veulent les Hussards ? L'aura de Françoise Sagan, l'école du nouveau roman...

– Que lisez-vous en ce moment ? dis-je.

– *Le rivage des Syrtes*. Aimez-vous Gracq ?

– Votre question a une portée magique. En neuf ans, c'est la troisième fois qu'on me la fait : toujours pour ouvrir des écluses aux rêves d'un homme de passion. En 1946, à vingt ans, je demandai à Pierre Mabille de bien vouloir guider mes lectures à Paris. Il déclara tout de go : lis, toutes affaires cessantes, les bouquins de Julien Gracq, chez José Corti. Cinq ans plus tard, à la préfecture de police de Milan, le commissaire italien qui refusait net de prolonger mon

permis de séjour, me dit : « Ce matin j'ai l'humeur
ludique. A ma table de nuit il y a un auteur français
encore peu connu. Si dans moins d'une minute vous
trouvez son nom, je vous laisse séjourner en Italie le
temps que vous voulez. Les jeux sont faits, rien ne va
plus ! » « Ne serait-ce pas Julien Gracq », dis-je, instan-
tanément. « Vous avez gagné l'Italie, qu'il me dit. Je lis
effectivement *Un beau ténébreux*. A côté, nos Silone,
Malaparte, Moravia, *tutti, bambini, signore* ! »

— Le gros lot italien dans les mains ! Pour vous
c'était le gain d'un perpétuel printemps, n'est-ce pas ?

— Beaucoup moins qu'un instant au soleil où je
suis ! dis-je, en fermant les yeux dans sa saison.

Ce fut la classe la plus éphémère de mes jours de professeur de lettres françaises. Le hasard de la conversation mit sur le tapis Guillaume Apollinaire. J'évoquai son rôle décisif à l'origine de la sensibilité moderne, aux côtés de Cendrars et de Picasso. Je confiai à Cristina l'éblouissement qui fut le mien le soir de mes dix-sept ans où, dans la revue *Fontaine*, de Max-Pol Fouchet, je pris connaissance du poème de l'auteur d'*Alcools* : *L'amour, le dédain et l'espérance.*

– Le savez-vous par cœur ? dit-elle. Je vous écoute !

> *Je t'ai prise contre ma poitrine comme une colombe qu'une petite fille étouffe sans le savoir*
> *Je t'ai prise avec toute ta beauté ta beauté plus riche que tous les placers de la Californie ne le furent au temps de la fièvre de l'or*
> *J'ai empli mon avidité sensuelle de ton sourire de tes regards de tes frémissements*
> *J'ai eu à moi à mes dispositions ton orgueil*

même. Quand je te tenais courbée et que tu subis-
sais ma puissance et ma domination...
    ....

J'étais parvenu au célèbre passage du poème :

> *Et tes beaux bras sur l'horizon lointain sont les*
> *serpents couleur d'aurore qui se lovent en signe*
> *d'adieu...*

quand me coupa le souffle un étourdissant crissement
de pneus dans le jardin de la maison.

— Mon époux qui rentre, dit Cristina, sans manifester d'étonnement. Continuez, je vous en prie.

Le bruit de la porte d'entrée me fit taire.

— Fernando, dit Cristina, voici Alain Ricabier, le
professeur de français dont je t'ai parlé.

Je me levai, la main tendue à la « splendide pan-
thère blonde » (Alvaro dixit).

— Salut ! dit-il sèchement sans me serrer la main.
Cristina, j'aurais deux mots à te dire.

— Excusez-nous, monsieur. On en aura pour une
seconde, dit-elle, en suivant son époux jusqu'à un
angle opposé de la pièce.

— Parle plus bas, Fernando. Il comprend peut-être
notre langue, chuchota-t-elle.

— Tu n'as pas idée de prendre un Noir comme professeur. As-tu pensé aux voisins ? Aux domestiques ?
Que fais-tu du décorum qui est le nôtre dans ce pays ?

— Dis donc m'as-tu jamais entendue au téléphone
demander aux gens leur appartenance raciale ? Dans
ma famille, tu le sais, ça fait quatre siècles qu'on

crache sur le sottisier de la « race ». On n'est pas une Pessoa pour rien!

— Les idées connes de ton père! On est sous le toit de Fernando de Melo Vespucci. Pas au bordel onusien de papa! Grand-mère disait : à l'entrée d'un salon un Nègre s'attend à deux choses : un balai ou des coups de fouet. Le premier remplit souvent les deux rôles!

— Rien d'étonnant : à l'heure du thé ta grand-mère offrait à ses invités du picotin d'âne!

— Je t'interdis de profaner ma famille!

J'avais calmement allumé ma pipe d'animal marin pour voir passer la tempête conjugale.

— Parle moins fort, je t'en supplie. De toute façon le cours a commencé.

— Pas question qu'il le continue. Tu fais un chèque au cabocle [1]. Paye-lui le mois entier, six mois, un an, peu importe. Et ouste à la négritude!

— Tu es tout simplement odieux!

— Mais des fois, pour qui se prend-il, ton Négro de prof? Pipe au bec, fumée de brousse sous nos lambris? Il va voir de quel bois...

Elle s'accrocha à lui, jetant les bras à son cou pour contenir son envie de tuer.

— D'accord mon chéri, dit-elle. Il ne remettra pas les pieds chez nous.

A ces mots d'apaisement, il l'écarta brutalement, traversa en trombe le salon et s'éloigna sur les chapeaux de roue de sa Jaguar.

1. Métis d'Indien et de Blanc, en général.

Cristina me rejoignit près de la fenêtre. Elle rapprocha son fauteuil du mien. Elle avait des larmes aux yeux.

— Vous avez tout entendu, je suppose. Pardonnez-moi.

— ...

— J'ai une bête de proie pour mari, dit-elle. Tant pis pour sa « race ». J'ai des amies civilisées. A plusieurs on sera ravies de former un groupe d'élèves autour de votre talent. Le cours reprendra chez l'une d'elles, ou bien chez vous, pourquoi pas ?

— Ni à mon domicile ni nulle part ailleurs. Après ce qui s'est passé il serait déraisonnable de se revoir.

— Vous n'avez rien à craindre.

— Ce n'est pas de la peur. Plutôt une vue lucide des choses de Blancs. La clairvoyance du poète.

— Pour Char la lucidité est « la blessure la plus rapprochée du soleil ».

— Le paradoxe est là : maladie à virus, le fléau racial décuple le désir !

— J'apprécie votre vision de nos sottises, dit-elle, en écarquillant des yeux d'un bleu mourant de tendresse.

Nous étions assis très près l'un de l'autre. Sa saveur et ses genoux de femme-jardin étaient tout contre moi. Ses yeux pers en agonie, embués de douceur éperdue, ne cillèrent pas quand mes mains s'aventurèrent dans son corsage. J'eus du mal à libérer les seins. Je ne savais pas qu'on pouvait les avoir si pleinement fruitiers. Sa poitrine ne ressemblait à aucune autre sous mes caresses à ses extrémités. Je fis glisser l'ample jupe grise et le slip noir. Je dénudai ses pieds. Moins de deux heures après notre rencontre notre intimité physique semblait aller de soi.

Elle me laissa aussi lui mordiller la saignée des bras, le bout de chacun des dix doigts, le velours sans fin des cuisses jusqu'à la royale motte * noire et drue. Sa racine en amande tenait du prodige, au toucher et au goûter, comme tout le mystère ensorcelant de sa beauté. Il fallait, avant toute cérémonie, célébrer sa galerie * de fête.

— Ici, dis-je, la main affairée à sa taamoute *, vous êtes forte et plus chaude que partout ailleurs. Ici commence la puissante et incandescente Cristina numéro 1. La vraie, bonne et très savoureuse Cristina I ^{re} ! dis-je tout à mon délicieux labour de printemps.

— Et l'autre, la Cristina II ?

— Je suis *empapayado* [1] de l'une comme de l'autre.

Toute trace d'adolescente détresse disparut de son regard. A leur tour ses mains entrèrent en campagne : douces-douces-douces sous ma chemise; encore plus dévorantes de douceur sur le devant de mon corps

---

1. Envaginé, envulvé, enclitorisé de Cristina.

qu'elles dénudèrent. Je vis sa bouche s'ouvrir et se fermer sur la géométrie de mon homme-de-bien. Je perdis la tête au paradis de ses cheveux châtains.

Sa chair glorieuse vibrait entre mes jambes, sa belle vie paulista pelotonnée autour de mon bazar * en flammes. Je l'attirai dans mes bras. Les crabes affamés de mes mains s'agrippèrent avidement à ses fesses, dures et fougueusement rondes. Je la calai à califourchon sur mon attirail * de poète.

Le midi brésilien avait une intensité de minuit de noces. Cristina ondulait autour du grand chauve * émerveillé qui ramonait méthodiquement sa cheminée * principale. Une heure durant on se donna de la ceinture en quête de l'orbite qu'il fallait à nous deux Cristina pour effacer de notre vie quatre cents ans de solitude. De spirale en spirale – au bon ciel bleu du Christ en nous – on atteignit la dernière gare du cyclone : alors vinrent à la folie les rythmes de l'enfance, les grandes vacances à la mer, les cavalcades endiablées au soleil, l'éternité des jeux et des fêtes qu'on nous avait volés. On tira dans la jubilation le merveilleux feu d'artifice de nos adieux.

UN RÊVE JAPONAIS

1

Ce jeudi soir-là, à la fin de la fête du Pen club, j'avais invité deux jeunes Japonaises, à part l'une de l'autre, à déjeuner avec moi le lendemain. Chacune avait séparément répondu à mon invitation en des termes quasi identiques.

– Si c'était oui un coup de fil le confirmerait très tôt le matin suivant.

Ayumi Fakuda, l'étudiante, célibataire, me l'avait dit en portugais. Yuko Matsumoto, l'ingénieur-chimiste, mariée, en espagnol. Aussitôt après, j'avais regagné ma chambre au seizième étage du New Miyako Hotel. Je n'en menais pas large : l'avant-veille de mon départ de Kyôto, je courais deux lièvres à la fois. Et si les deux invitées proposaient la même heure du vendredi 13 mai 1984 ? Ma mala-dresse n'était pas piquée des hannetons !

Je m'endormis les larmes aux yeux. Le désespoir érotique était une substance jusque-là inconnue à ma chimie de géolibertin. Il ne s'était cristallisé en moi ni à Pékin ou à Budapest, à Kingston ou à Sana'â, ni même à Valparaiso ou à Papetee. Quitter ces cités sans être allé au soleil de leurs femmes ne m'avait pas désolé outre mesure. Pourquoi l'idée de partir de l'archipel sans avoir vécu une Japonaise me jetait-elle dans la peau d'une sorte d'orphelin du réel merveilleux féminin?

Le jour suivant, avant six heures j'étais debout. Malgré plusieurs minutes de gym et un café bien serré au petit déjeuner j'avais encore le sang aux abois dans la solitude de ma question. A sept heures pile le téléphone sonna à mon chevet.

La voix féminine me parvint, lointaine, brouillée par des grésillements.

— Allô! Señ... Vermont? C'est... d'accord pour le déjeuner de ce vendredi. A midi trente, attendez-moi devant... dans le hall de l'hôtel. Ciao!

2

Mon invitée avait raccroché sans me laisser le temps
de voir clair. Était-ce la voix de Yuko? Celle
d'Ayumi? Avais-je entendu des mots portugais? De
l'espagnol? Je saisis une pièce de monnaie : pile, la
femme mariée; face, l'étudiante. Sur la moquette
ivoire, *face* brilla à mes yeux.

Je respirai plus aisément : au fond, mon faible allait
à Ayumi Fakuda. Primo : sans charges conjugales elle
serait sans doute plus libre de son emploi du temps.
Secundo : jusqu'à l'âge de dix-sept ans, elle avait vécu
au Brésil avec ses parents sur une exploitation fores-
tière de l'État de São Paulo. Ayant séjourné aussi, à
plusieurs reprises, à Rio de Janeiro, en période de
carnaval, sa chair de Japonaise aura été formée aux
courbes que les dieux brésiliens savent négocier au
lit.

Il n'y eut pas de second appel. Longtemps avant
l'heure du rendez-vous, bon pied bon œil, je courus
me mêler à l'effervescence des grands hôtels japonais.
Là où un homme mûr attend intensément une jeune

fille peuvent commencer à la fois l'émerveillement quotidien ou la légende des siècles.

La métaphysique des lieux se prêtait somptueusement à la rage de vivre qui rythmait en moi les rapports du rêve et de l'acte d'amour. Sous des lumières savamment filtrées, le va-et-vient assourdissant de gens élégants et bien élevés était à mes yeux celui d'un jour de fête. Dans les couloirs et les passages, toutes sortes de boutiques proposaient à la clientèle les habituels articles luxueux des palaces du monde entier. Mais leur charme japonais faisait oublier qu'ils sont partout de redoutables attrape-touristes. Je pouvais croire que j'arpentais une exposition montée expressément en hommage à ma rencontre avec la fée la plus sensuelle de la ville. En notre honneur, l'ancienne capitale impériale se serait constituée en « musée de Kyôto », pour jeter à nos pieds tout l'éclat de sa fantaisie !

Ses rayons offraient à mon enchantement les divers aspects de son aventure urbaine, des plus traditionnels aux plus futuristes. Dans les vitrines, vases et poupées, éventails et services à thé, paravents et kimonos, lampes et vaisselles, meubles et vêtements d'apparat, soieries et laques imposaient, à vous couper le souffle, le côtoiement éblouissant du mode de vie ancestral et des techniques d'avant-garde. Les designers avaient volé aux matériaux du songe les objets de luxe, notamment ceux de l'audiovisuel et de la bureautique.

Mon imagination, échauffée aux étalages, se laissa envahir par les sensations fortes des jours précédents. Je redécouvris avec délice la calligraphie, les cérémonies de thé, les scènes de *nô* et de *kabuki*, le monde des masques et celui des bouddhas rayonnants de tendresse dans les sanctuaires.

A mon étourdissement du midi s'ajouta l'état de poésie qui m'avait subjugué au contact des buissons d'iris, d'azalées et de mélilots; des haies de potentilles et de dentzies blanches, des massifs de camélias et de tulipes; des bosquets de pruniers rouges et de cerisiers en fleurs dans les parcs des monastères apparemment assoupis dans la candeur ensoleillée des collines. J'aimais sincèrement la botanique félicité qui fait le charme original du Japon.

A douze heures trente, Ayumi Fakuda n'était pas arrivée. Plusieurs minutes après, elle n'était toujours pas là. Je passai au peigne fin chaque mètre carré de hall, de long en large, à maintes reprises. Je m'informai à la réception : y aurait-il un message pour le 1629 ? Non, sir! Effectivement le clignotant de ma chambre était aveugle. A une heure un quart, toujours aucun signe de mon étudiante. C'était d'autant plus long, le temps de mon attente, qu'autour de moi les jeunes gens qui attendaient étaient vite comblés. Sans arrêt des couples et des essaims d'amis se retrouvaient joyeusement, augmentant à tous les coups la pile de mes angoisses.

Il s'écoula quinze autres minutes du vendredi 13 mai. Incapable de tromper plus longtemps mon anxiété, je me précipitai à l'aveuglette vers le couloir des ascenseurs. A la porte de l'un d'eux, côté chiffres impairs, plus captivante que tout au monde, il y avait, dans ses atours traditionnels, Yuko Matsumoto!

— Désolé, je suis profondément désolé. Il y a longtemps que vous m'attendez ?

– Une heure environ, dit-elle, en s'inclinant, les mains jointes.

– Pardonnez ma confusion. Je vous ai cherchée partout. (C'était faux et vrai à la fois!)

– Vous ne vous sentez pas bien?

– Je succombais sous l'idée que vous ne viendriez pas.

– J'étais sûre qu'on allait se revoir.

– Vous devez avoir faim? J'ai retenu une table au restaurant du dix-neuvième étage.

– C'est l'un des meilleurs de Kyôto, c'est épatant!

– Merci mille fois d'être venue.

3

On déjeuna dans l'intimité d'un cabinet particulier éclairé à la chandelle. Les accords des teintes étaient des plus fascinants, entre le *tatami*, les paravents, les tabliers des serveuses, les laques des vaisselles, les petits plats exotiques, les appas bouleversants de la jeune femme. Dans l'obscurité bien étudiée, les *tamari*, *tôfu*, *sushi*, *kamaboko*, *yôkan*, et autres aliments délicieux étaient en harmonie avec la plénitude dorée de sa chair.

– Notre cuisine, dit-elle, est autant affaire de regard que de saveur. Tanizaki Junichiro a pu dire que « la cuisine japonaise est une chose qui se regarde, mieux encore qui *se médite* dans la pénombre ».

En effet, la tendresse de l'ombre multiplia de mystérieuses affinités entre le décor, le service, la boisson, les mets, la lueur des bougies, la carnation appétissante de Yuko et mon insatiable appétit de bonheur. A la fin du déjeuner, après deux heures de badinage bon enfant, nous étions ivres autant du repas que de nos atomes crochus. Je nous sentais déjà mûrs pour des jeux d'ombre et de lumière encore plus raffinés.

— Rarement j'ai été aussi heureux en compagnie d'une femme, dis-je. (C'était la vérité.)

— Qu'est-ce qu'on est bien ensemble! s'exclama-t-elle.

— J'ose vous proposer une promenade digestive dans Kyôto. Accepteriez-vous?

— Aujourd'hui cela m'est possible. J'ai exceptionnellement un jour de congé. Laissez-moi toutefois prévenir mon époux à son bureau.

4

Une fois sortis de l'hôtel, on traversa avec angoisse plusieurs avenues. Elles étaient aussi périlleusement encombrées que celles de Tokyo. Yuko décida de porter nos pas vers des rues piétonnes où l'on allait pouvoir marcher et deviser nonchalamment. A chaque instant je restais bouche bée devant de minuscules enclos de paradis aménagés dans le moindre espace libre aux alentours des maisons de bois.

Composées comme des tableaux, ces mini-aires de verdure étaient de vrais paysages en réduction. Les éléments constitutifs d'un site naturel y figuraient dans une profusion de détails tout en subtils demi-tons de vert, gris et argent : eaux, pierres, îlots, plages, lanternes, cascades, tortues.

Chaque halte était une fête différente : des états de fraîcheur et de lumière, teintes inconnues, courbes, asymétries, une abondance de formes d'une adorable complexité, admettaient mon ivresse de vivre au mystère le plus profond de la sensibilité japonaise.

– Avez-vous déjà visité des jardins à Kyôto ?

– Oui, nos amis du Pen nous ont emmenés au *Katsura-rikyu* et à *Saiho-ji*. Ils nous ont fait voir aussi le *Kinkaku-ji*.

– Le *Ryoan-ji* sans doute ?

– ... le *Gingaku-ji* également. Ces lieux m'ont ébloui. Mais j'ignorais jusqu'à notre promenade qu'autour de chaque foyer traditionnel leur raffinement est reproduit à une échelle réduite. Nulle part au monde, on n'a, en pleine ville, des clos aussi éclatants de mystère et de libre fantaisie. On se croirait dans un endroit sacré d'une lointaine montagne et non dans une rue du Japon moderne !

5

Émue jusqu'aux larmes de mon émotion, Yuko m'embarqua dans la mythologie des jardins de son pays. Ses mots espagnols devinrent les pierres de gué et les semis de pas d'un itinéraire spirituel. Ils nous portèrent d'abord au ve siècle après J.-C. au palais de l'empereur Richiu. Je contemplai les fleurs de cerisier qui donnaient leur ombre à son bateau sur le lac où il se promenait. Je vis des pétales tomber en pluie dans la coupe qu'il tenait à la main.

Au même siècle on fut les hôtes de l'empereur Kenso. Il nous invita dans un pavillon bâti sur un canal qui dessinait de multiples sinuosités : chaque invité, après avoir mis sa coupe remplie à flotter sur l'eau, devait composer un poème dans le temps que prenait la coupe à traverser d'un bout à l'autre les méandres du canal.

Notre promenade prit ensuite corps dans les quatre jardins que le prince Genji fit construire au xie siècle pour satisfaire les songes de ses concubines : madame Marasaki, madame Akashi, madame Akikonomu, et la

Dame du village de la Fleur-chaude-qui-jouit *. Les kimonos de ces beautés étaient assortis aux feuillages environnants. Chacune de leurs quatre saisons nous accueillit avec une profusion de glycines, kerries, volubilis, dentzies, chrysanthèmes, orchidées, lotus, mélilots, azalées, pivoines. Les fleurs que Yuko m'identifiait étaient si rapprochées qu'elles cachaient à la fois l'arbre de son récit et l'arborescence du grand goût qui vibrait hardiment sous ma braguette.

Un mardi soir de l'an 1629 je me retrouvais bandé à casser de la porcelaine sur une terrasse spécialement conçue par une princesse pour regarder le printemps. Je pus jouir de la progression de la lune dans les yeux noirs de Yuko Matsumoto. De l'endroit où l'on était, on avait une vue superbe sur un lac, des ponts, des îles. Tout en les contemplant j'écoutai Yuko évoquer le plus vieux traité des jardins de son pays : le *Sakutei-ki*, œuvre de Tachibana no Toshitsuna, un maître des pierres et des fleurs de son temps.

Des règles très strictes, voire des tabous, présidaient à la création des jardins, quant à la manière d'organiser l'eau, les galets, les bambous, les cascades et les tortues sur les îlots. Elle parla aussi des diverses catégories de jardins : les jardins-collines (*tsukiyama*); les jardins-plats (*hira-niwa*), qui obéissaient aux mêmes degrés d'élaboration esthétique (*shin go-so*) qui servent encore de mesures ou de repères dans la calligraphie, la peinture et l'art d'arranger les fleurs.

Yuko plaça sous mes yeux une surface de trente mètres sur dix, recouverte de sable blanc, creusée de sillons parallèles, ratissée à la perfection dans le sens de la longueur : quinze pierres y étaient disposées en cinq groupes distincts de deux, trois, cinq, encore deux, puis trois pierres. On n'y voyait ni fleurs ni arbres, ni la moindre plante.

– Vous avez reconnu, me dit-elle, le jardin zen par excellence. Face à lui l'imagination est libre de s'envoler. Elle peut invoquer à l'infini tout ce qui fait ses délices : un groupe d'îles-paradis éparpillées sur la mer, une tigresse allaitant ses petits, les divers accidents mortels du temps de vivre, un prince en érection à l'ombre de neuf nièces et cinq neveux à sa dévotion ou encore des épisodes sacrés de l'aventure de Bouddha. Contemplez ce jardin et dites-moi sincèrement à quoi il vous fait songer.

Je pris un moment de méditation avant d'ouvrir mon cœur à Yuko Matsumoto.

– J'y vois briller la soif d'absolu que la femme-jardin à la japonaise tient allumée dans mon imaginaire. N'est-ce pas un soir de printemps au bord d'un lac de montagne ?

– Merci pour le regard de poète que vous portez sur la femme japonaise !

– Comment ne pas se sentir un poète de dix-neuf ans à vos côtés ? On déambule depuis plus d'une heure sous des cerisiers sauvages. Peut-être si ma chance est extrême le clair de lune sera-t-il une étoile de mousse * pour la seizième pierre de ce jardin de rêve !

– Vous voyez une seizième pierre quelque part ?

– Oui : la faim qui me consume à chaque ouverture de votre vie !

Mon aveu fit rougir vivement Yuko. Ses yeux étincelaient de surprise. Je l'attirai à moi. Je la serrai d'un

bras avec force. De l'autre main, je lui caressai du petit
doigt le lobe d'une oreille. Je lui donnai un baiser sur
l'œil gauche. Le devant de mon corps, vissé au sien,
était saisi d'un appétit vorace. A travers la soie du vête-
ment sa femelle-de-bien *, en vibration avec ma veine
première *, passait en moi comme une transfusion de
brûlants globules rouges. On s'embrassa goulûment.
Elle éloigna vite les lèvres pour frotter son beau visage
en feu contre ma main fascinée par les duvets follets
de sa nuque.

— Pas ici, mon poète adolescent, il y a trop de
lumière, murmura-t-elle, sans me repousser.

L'impatience du général Méphi Méphisto piaffait
gaiement contre sa conque du pèlerin qui était chose
divine * qui *se médite* dans le clair-obscur.

— Voulez-vous qu'on rentre en taxi à l'hôtel, balbu-
tiai-je.

— Non, on ne rentre pas à votre hôtel, l'ombre sera
plus douce chez moi!

6

Jusqu'à sa maison en dehors de Kyôto on resta silencieux dans le taxi. On n'arrêta pas de pétrir fébrilement nos mains, en appui tantôt sur ses genoux, tantôt sur les miens. Le soleil brillait encore sur l'après-midi à son déclin. Mon émotion était du matin : comme au temps d'Hadriana mes feuilles de bananier tournaient au bleu ciel d'avant-jour à mesure que je succombais à l'intensité de vie de la jeune femme.

On accéda à sa villa au long d'un sentier qui serpentait agréablement sous des saules, des cerisiers, des pruniers, des érables, et sous une voûte d'arbres souverains qui m'étaient inconnus. Par la façon dont les pierres du semis de pas étaient disposées dans l'allée elles semblaient donner d'emblée le rythme à notre proche avenir comme le *la* d'un piano à un orchestre.

A la première marche d'accès à la véranda on enleva nos chaussures. Je suivis Yuko en silence autour d'une construction aux ailes emboîtées les unes dans les autres à l'aide de galeries en bois couleur de miel frais. Elle évita l'entrée du pavillon principal. On avança encore cinquante mètres jusqu'à une petite pièce carrelée de trois tatamis et demi. C'était, au fond du jardin, un salon de thé sobrement meublé et décoré d'une grosse fleur de volubilis dans un vase posé sur une table basse.

— Soyez le bienvenu, dit-elle, en m'invitant à m'asseoir à même le tatami.

— Votre époux rentre tard d'habitude? dis-je.

— Non, il ne va pas tarder. Au cours du thé, on aura son avis sur ce qui nous est arrivé.

— Ah oui! Le prendra-t-il sans drame? (Une épée de samouraï frôla le cou de mes préjugés de macho occidental.)

— Izumo Ishimatzu est un être vraiment libre d'esprit et d'une extrême générosité.

— Au point de fermer l'œil sur vos infidélités?

— Le mensonge est exclu de nos relations. Nous avons d'autres règles de vie. En huit ans de mariage, c'est la première fois qu'un autre homme existe à mes yeux!

— J'en suis profondément flatté. Quant aux vues de votre époux, je l'avoue, je n'en reviens pas. Chrétien concupiscent, jaloux et possessif comme je suis, à ses côtés j'aurai l'air d'un animal préhistorique!

— Les notions de tromperie, cocufiage, jalousie, culpabilité, ont toujours choqué Izumo et moi. Elles nous sont devenues étrangères le jour où nous avons pris conscience d'une double réalité : la femme aimée au foyer ne suffit pas aux besoins de son conjoint; l'homme aimé suffit aussi rarement aux appétits – non moins vitaux et pressants – de sa conjointe. N'est-ce pas la vérité de toute vie conjugale?

– En effet, c'est la croix du mariage, avec ou sans amour. Entre conjoints peut-on vraiment vivre sur un pied d'égalité érotique?

– Pourquoi pas? Quand Izumo a eu sa première aventure lors d'un séjour en Italie sans moi à ses côtés, il me l'a avoué le soir même de son retour à Kyôto. Comment éviter alors la classique scène de ménage? Sans égoïsme ni hypocrisie on a évalué loyalement nos nécessités sexuelles respectives. Leur réciprocité admise, on a envisagé l'éventualité de liaisons éphémères. A une condition toutefois : qu'elles ne mettent pas en danger nos valeurs principales.

– Lesquelles?

– Le bonheur que nous avons à être ensemble aux côtés de nos trois enfants. On travaille beaucoup avec le sentiment, après des temps abominables, d'œuvrer à un rêve japonais qui ne fait aucun mal à nos voisins ni à personne au monde. La foi shintoïste nous lie à chaque phénomène spirituel et physique de l'archipel : l'éclat de ses sites, son art légendaire des jardins qui vous a tant ému, son talent enfin à concilier la tradition et l'avenir dans des flambées d'imagination et d'invention!

– Que devient Éros dans ce miracle japonais?

– C'est le dieu qui nous prépare chaque soir le bain de vie. Il a le génie de garder à neuf son mystère!

– On peut vivre jusqu'aux cendres son feu sensuel?

– ... et renaître à chaque fois à sa flamme!

Assise en face de moi sur le tatami, intensément désirable, elle me parut décidément une femme pour tout de bon. J'avais envie, sans plus attendre, de la dés-

habiller et de la prendre dans mes bras : je commence-
rais par frotter ma barbe de vieux nomade à son
triangle-à-papa-bon-Dieu *! Au même instant son
oreille d'épouse perçut les bruits de pas sur la véranda.

– C'est Izumo, dit-elle, avec enjouement.

7

Je me souviens d'un gentleman japonais de moins de quarante ans, à l'œil aussi gai que les lèvres. Élancé, large d'épaules, la tête fortement expressive, il était très élégant dans son trois-pièces gris-bleu. Yuko fit en riant les présentations.

— Izumo Ishimatzu.

— Patrick Altamont.

La façon cordiale dont l'homme prit immédiatement les choses ne me laissa pas le temps d'être intimidé ni confus ou inquiet.

— Monsieur Altamont, Yuko ne vous a rien offert à boire ?

— Nous t'attendions pour le thé, dit-elle.

Elle s'éloigna aussitôt à reculons avec de joyeuses révérences.

Les yeux de l'homme, francs et pénétrants, me souriaient sans aucune angoisse ni rien de scabreux. (Légèrement moqueurs, peut-être ?)

— Vous êtes au Japon pour longtemps ?

– Hélas! Je suis à la fin du séjour. Je repars demain soir.

– Écrivez-vous des contes, des scénarios, ou pour le théâtre?

– J'écris des romans, des nouvelles, de petits essais. A mes débuts je me suis essayé à la poésie.

– Poète? Mes compliments! Yuko a un plein tiroir de poèmes. Peut-être la déciderez-vous à les publier.

– Pourquoi hésite-t-elle à le faire? Chimie et poésie sont apparentées.

– L'une et l'autre s'occupent des mystères du vivant.

– Ne seriez-vous pas poète également?

– Je ne le crois pas. Yuko me trouve une audace romantique en affaires! Son opinion choquerait mes concurrents.

– On doit à un barde allemand l'idée que *tout être humain est poète et penseur à toute minute.* Pour Novalis, il y a des instants de l'existence où *même les livres de comptes sont poétiques*!

– Les hommes, à son avis, seraient semblables d'abord par le don de rêver?

– Oui: on a la faculté d'agir en agents du merveilleux!

Les yeux de l'homme cessèrent de rire. Une candeur affolée les assombrit un instant.

– A ce sujet, Yuko a sûrement son avis de femme à donner.

Son épouse revenait avec un plateau odorant sur les bras. Il se tourna vers elle.

– Chérie, monsieur Altamont estime que tout être humain est naturellement poète. Est-ce aussi ton sentiment?

– Chose naturelle à l'esprit, une sagesse de poète irrigue aussi le corps!

– Quelle serait la solution *poétique* à notre triple énigme de ce soir?

– Une percée jamais vue dans nos relations : le partage de nos biens érotiques avec l'hôte qui nous vient de la mer! dit-elle.

L'aube du samedi de mai 84 trouva la cérémonie de thé encore réveillée dans le rêve qui devait – jusqu'à l'innocence – ensoleiller à jamais nos travaux et nos jours d'amants.

L'ŒILLET ENSORCELÉ

1

Un matin de ses dix ans – ça devait être en juin 36 –
sans rien sur lui il se baignait en incandescente
compagnie à la plage de Civadier. La plus belle amie
de sa mère, Germaine Villaret-Joyeuse, après avoir
couvé de l'œil sa quiquette * s'exclama :
– Bibi, ton garçon fera bientôt un malheur au corridor des braves * !
– Pourquoi dis-tu ça, Gégé ?
– Regarde son phare-à-Nana * : n'est-ce pas déjà Sa
Majesté le Tout-en-Un * ?
Sous les éclats de rire des autres femmes présentes
l'oracle continua à chahuter son petit âne *. Vite
encombré de son feu il dut chercher refuge dans la
fraîcheur des vagues.
Six ans plus tard il fut le seul de tous ses compa-
gnons de jeu à n'avoir pas eu besoin de se masser le
joujou-des-demoiselles * avec du beurre de cacao pour
en augmenter la longueur et le diamètre. Son gabarit
naturel était nettement hors du commun des jeunes
paroissiens de saint Philippe et saint Jacques.

Aux toilettes du lycée Pinchinat, à l'heure de faire pipi, ses condisciples et ses profs n'arrêtaient pas de l'épier : il lui fallait plus d'une minute d'habile manœuvre pour convoyer son loup-garou * de sexe hors de sa tanière du pantalon. Un temps aussi laborieux était nécessaire à son retour au ressui.

Une fin d'après-midi des années 40, lors d'une partie de masturbation, il leur arriva de relever leurs dimensions. Le zizi pan-pan * d'aucun de ses camarades ne dépassait la moyenne des cent vingt millimètres. En état d'énergie son pater-noster * l'emporta sur les autres dans une proportion phénoménale.

Ce jour-là, les copains donnèrent à leurs zoutils * des surnoms pittoresques, plutôt mignons ou un brin moqueurs : zoizeau à tante Zaza *, don quiqui-joli-cœur *, totem * à Bibi Zéglamour, monsieur Tout-un-poème-épique *, Ti-coq-bataille * à madame Mango Francis ! A sa tête-chercheuse * ils jetèrent des sobriquets de guerre : périscope enchanté *, gourdin * à papa-Vincent, manivelle * à Jeanette MacDonald, Me Ennéabite Chantant *, fusil à répétition pour traquer la *bête* * à Greta Garbo !

Dès lors des légendes se mirent à circuler à Jacmel sur son « prodige de virilité ». On prêta à son poussoir * d'adolescent, outre une élasticité hors normes, la dégaine peu apostolique du zèbre * de la Caraïbe : au repos, sa robe noire serait rayée de bandes blanches, en plein galop ces dernières tourneraient au vif corail ! Son sang serait armé d'un sabre d'abattage de sorcellerie. Vincent Lozeroy serait bandé à vie à des hauteurs de palmier royal.

Les sept reins à madame Villaret-Joyeuse en auraient étrenné les implacables cognées. Ensuite ça aurait été le tour des jumelles Philisbourg : la plus forte aurait noué l'élastique magique autour de ses hanches pour permettre à la sœurette de s'octroyer, sans coup férir, un plus qu'honorable restant de rêve. Puis elles auraient inversé les rôles.

Sur la lancée, il aurait passé à son fil légendaire les autres femmes-jardins du chef-lieu : Isabel Ramonet, Madeleine Dacosta, Ti-Rézia Danoze, Jeanine Lévizon, sœur Nathalie des Anges, et même l'inoubliable Hadriana Siloé, le dimanche qui précéda son mariage sans lendemain.

C'était au temps où *La Gazette du Sud-Ouest* publiait chaque semaine un conte du sorcier Okil Okilon, sous une rubrique alors très en vogue : « Allons rêver sous la tonnelle à compère Charlot *. » Le récit d'Okilon, toujours bref et ramassé, était tantôt d'un picaresque échevelé, tantôt vaillamment libertin. Il lui

arrivait aussi de verser dans l'idylle. Son seul repous-
soir était toutefois le porno.

Il s'inspirait soit d'un fait divers jacmélien, soit d'un
épisode du romancero vaudou. C'est justement Okil
Okilon qui, dans l'hebdomadaire à Me Népomucène
Homaire, devait transposer sur le mode fantastique les
histoires salaces qui couraient de bouche-à-oreille sur
les prouesses dont Vincent Lozeroy était capable entre
deux draps, grâce à l'extrême générosité de la nature à
son berceau. Un vendredi matin, Jacmel put lire, sous
la plume sorcellaire, une fable qui, si elle fit rire
durant des années ses habitants, n'allait jamais laisser
de repos au tempérament d'arbre à pain * de Lozeroy.

3

L'œillet ensorcelé commença avec la formule qu'imposent en Haïti les usages du conte populaire :
- *Cric*! dit le sorcier Okil Okilon.
- *Crac*! firent les lecteurs de la gazette.

Il était une fois un Jacmélien de dix-neuf ans. Pas plus tard que le dernier samedi de février, Vincent L. se présenta au célèbre bal masqué du club « Excelsior » sous un déguisement tout à fait surprenant : au lieu du traditionnel et brave œillet de nos jardins, le jeune homme arborait à la boutonnière de son veston fantaisie un gland prodigieux.

Mireille Lavigerie, la première cavalière qui dansa avec le jouvenceau, crut avoir affaire au masque ressemblant de Méphi Méphisto, le mâle nègre qui était familier à ses ébats de jeune fille libre. Elle s'amusa d'abord à le taquiner gentiment du petit doigt. Puis elle essaya du bout pointu de la langue. Ivre de surprise, de tout son grand goût de femme-jardin, elle y alla, de plus en plus goulûment, à bouche-en-flammes-que-veux-tu ?

A la fin du slow langoureux qu'interprétait l'orchestre Casimir, Mireille, émerveillée, s'empressa de répandre dans la fête la stupéfiante nouvelle : un vrai lion conduisait le bal du Mardi gras. Il était à la disposition du beau sexe gratis pro Deo !

A chaque danse, le revers du veston à ce veinard de Vincent était littéralement assiégé. La curée labiale dura bien après le lever du devant-jour de février : adolescentes et femmes mariées de la meilleure société jacmélienne jouèrent âprement à qui aurait l'honneur et l'ivresse d'accueillir à son comptoir des Indes occidentales * un papa-œillet * plus ensorcelé que l'œil du tigre de Bengale...

Trois jours plus tard, elles furent trois vierges et cinq dames mariées à répondre, à tour de rôle, au rendez-vous que Vincent L. leur fixa chez madan Brévica Losange, la célèbre maquerelle du quartier du Bas-des-Orangers.

Une fois mises au pied du mât de cocagne *, pas une des partenaires de la nuit de bal ne se décida à grimper à son sommet. Muettes de stupeur, elles supplièrent à genoux Vincent d'éloigner de leur santé le dangereux animal sous-marin. Aussi consternées les unes que les autres, certaines tinrent cependant à exprimer leur état d'âme.

— On n'a pas idée, dit tout haut Anita P., de menacer une personne de bien d'un fourbi * pareil ! Bâtard de la grande pute ! Veuve joyeuse à vingt-deux ans, oui, handicapée à vie, jamais ! Remballe ta marchandise * satanique !

— Là où on attendait, dit Mama Matamoros, un macho né coiffé et les pieds devant, on trouve, je ne sais pas moi, une sorte de monument ennéagonal, un obélisque surmonté d'un coq * de sorcellerie!

Pauline Bonaparte cria aussi son amère déconvenue :

– C'était donc ça le charmant œillet de la Caraïbe noire? Le formidable Popaul * à tantine Popo *? Plutôt un iceberg fou pour cul hanté de baleine! Propose-le à ta grand-mère du golfe de Guinée! Un Waterloo suffit dans la famille!

Le bruit a couru que Hadriana S., jeune fille catholique de bonne famille, élevée également à la française, devait réagir avec moins de violence que la petite sœur à l'Empereur.

– Vincent chéri, aurait-elle dit, il est superflu d'insister. Je n'essayerai pas. C'est trop risqué. Ce ramoneur ne sied pas à une cheminée de jeune fille!

5

Le malheureux Vincent essuya en outre trois cas
d'évanouissement. (Grâce à Dieu la femme-nue-
dans-les-pommes ne disait rien au satan de sa
libido.) La dernière candidate à se faire recaler au
baccalauréat * de Vincent, ce fut la superbe Cécilia
S. Face à la boutique * bien assortie du jeune
prince, son système pileux, à la tête, aux aisselles,
au pubis, blanchirent sur le coup. Vincent dut la
rhabiller en catastrophe, aussi secoué d'épouvante
que sa victime.

Vingt minutes après, il n'avait pas encore retrou-
vé ses esprits quand la Losange frappa de nouveau
à la porte de la chambre.

— Général Vincent-Méphisto, c'est encore pour
vous!

— Pas plus de huit femmes, madame Brévica. Je
ne fais plus rentrer personne!

— Ouvrez, s'il vous plaît, la petite neuvième est
une demoiselle cubaine. Elle insiste.

— Qu'elle aille se faire ramoner ailleurs!

– Rien à faire, mon général, la petite blonde dernière a juré qu'elle ne partira pas sans!

A l'entrée de Josefina Finamour dans la chambre, Vincent Lozeroy eut un geste de recul: il avait affaire à un trésor de femme-enfant, un idéal de mini-beauté sur des talons hauts, fraîche merveilleusement comme trois pommes à croquer à jeun!

– La petite fille vient jouer avec sa poupée? demanda Vincent, sarcastique.

– La *niña* est plutôt décidée à t'en boucher les neuf ouvertures d'homme! dit-elle, en pointant de gros seins aux aguets comme une paire de faucons au nid.

– Le général Méphisto est plus grand que toi, tu sais?

– Peut-être, dit-elle, mais il n'a sûrement pas l'imagination d'une fille de boulanger.

Josefina Finamour ouvrit aussitôt un grand sac en raphia. Elle mit sous les yeux du champion dix-huit petits pains (9 + 9), expressément cuits en forme d'anneaux. Leur bonne odeur taquina au bon endroit l'appétit de Vincent.

— Je te propose de les enfiler, dit-elle. Ça fera un collier-maldioc [1] de protection. Tout danger de défonçage serait écarté.

— Fifi voudrait se fendre d'un joujou à sa juste mesure, n'est-ce pas ?

— Grand-papa-vilebrequin * ferait ainsi un tour d'homme libre au paradis !

Depuis un glorieux quart d'heure la fête réciproque était bien engagée quand Josefina Finamour murmura :

— Chéri, sois gentil, ôte-moi quelques anneaux !

Vincent obéit dans la jubilation. Après un autre

1. Collier qui protège la personne qui le porte des effets de la magie noire.

quart d'heure de solaire traversée, Fifi, le feu au cul, implora à son oreille.

– Vite, enlève encore quelques-uns, *amor mio* [1], vite ou je meurs!

Vincent retira les neuf derniers petits pains du bon Dieu. Sa chignole * enchantée disparut en Fifi. Il pouvait s'abandonner librement au lyrisme de son premier coït. Son Tout-en-Un y alla rondement comme un prophète du désert qui rame à la limite du réel merveilleux féminin! Alors une nouvelle prière lui parvint, en espagnol, au fond de la cathédrale gothique qui conduit à l'orgasme partagé.

– *Fuego de Dios! quitame otro panecito por favor damelo todo* [2]!

– *La alegria de templarte no es coño una panadería* [3]! cria Vincent.

Pour l'épilogue à l'histoire de Vincent et Fifi, laissons la parole à madan Brévica, seul témoin auditif et oculaire de la tempête.

« Je vous le jure, confia la maquerelle, cette nuit-là, j'ai cru que la maisonnette de bois brûlerait comme une allumette sous la flambée de leurs orgasmes! Je ne devais les revoir que neuf jours et neuf nuits après. Ils ne répondirent pas à mes coups à la porte. Chaque soir j'y déposais toutefois – pour qu'ils se lavent et ne meurent pas de faim – des seaux d'eau et des gueuletons aux lambis [4]. J'ai tenu à ravitailler au vol la prodigieuse neuvaine. Que ne ferait-on pas pour un couple

1. Mon amour.
2. Feu de Dieu! ôte-moi encore un petit pain je t'en prie! donne-moi le tout!
3. La joie de te baiser n'est pas foutre-tonnerre une boulangerie!
4. Fruits de mer aux pouvoirs aphrodisiaques.

pareil! Ces deux-là, ils auront bien mérité de l'amour! Ils s'attendaient sans doute depuis la nuit des temps. Cent soixante-deux fois de suite leur rage de vivre est allée dire bonjour aux anges de la Caraïbe! Si vous voulez me croire, croyez-moi, la petite Cubaine de rêve, à force de godiller, avait grandi de dix-neuf centimètres au moins! J'ai vu partir, souriante et fière, une grande blonde au bras du glorieux général Méphisto! »

GLOSSAIRE DES TERMES
QUI DÉSIGNENT LES SEXES MASCULIN
ET FÉMININ DANS CES FICTIONS
CATALOGUE DE QUELQUES IDÉES
REÇUES AUTOUR DES AVENTURES
EXTRAORDINAIRES DES ORGANES
SEXUELS

SEXE DE LA FEMME

A

Amande : fruit à noyau de la femme, oblong et comestible.
Ame-mâle : veille jour et nuit sur la femme.
Ave-maria : salutation érotique à la vulve : dire sept *Ave* chaque
    soir...

B

Baubo : vulve mythique.
Bête : chez les stars de ciné.
Boîte-aux-rêves : à ouvrir avec tendresse.
Bounda : gros de son état.

C

Carquois : rêves à tirer.
Chagatte : petit mammifère à poil doux, à l'œil unique et oblong.
Chaude-fleur : lieu de retraite humide et caniculaire.
Chaufferette : bien de luxe.
Cheminée : conduit qui sert à évacuer les rêves (ou la fumée) des
    amants.
Chinoise : *la.*

Chocho : *baubo* en espagnol ou petit lapin, *conejito*.
Chose : souvent divine.
Ciel : le septième est le meilleur.
Comptoir : très réputé aux Indes occidentales.
Con : berceau triangulaire de chair, peut être hexagonal.
Conque : donne à boire et à manger au pèlerin.
Cordes : la meilleure : la lyre à neuf cordes.
Corridor : s'abstenir si on n'est pas un brave.
Cour : côté qui a aussi son charme.

D

Dieu : dicton bambara : « Dieu est comme le sexe de la femme; il
     est le Fort, le Puissant, il est Résistance; mais en même temps, il
     est Attirance et Convoitise, et enfin Abandon. »

E

Enclume : peut être folle de son marteau.
Entaille : douce-douce, encore plus douce que la douceur.
Étoile : souvent du soir et de mousse.
Étui : à clarinette, flûte, etc.

F

Femelle-de-bien : con dans le langage des poètes.
Feuilleté : dessert du bon Dieu.
Fleur-de-lotus : celle qui brûle est la meilleure.
Foufoune : en rapport évident avec la folie.
Foufounet : appartient au pays des froufous [1].
Fourrure : c'est du belge pour désigner le sexe de la femme.
Framboise : vagin dans le langage des Jésuites du XVIᵉ siècle.

---

1. Cf. *Les petits mots inconvenants*, Jean-Claude Carrière, Pierre Etaix
(Éd. Balland, 1981).

G

Galerie : de fête.
Gaine : vaginale.
Grotte : attention : réservée à Papa!

I

Indes occidentales : célèbres pour leurs comptoirs charnels.

J

Jardin : côté le plus ensoleillé de la femme.

L

Lotus : vive son or!

M

Maginot : ligne qui offre parfois peu de résistance.
Mango : l'une des femmes à sir Francis Drake.
Mère : grande et jolie chez les Bambara.
Milieu : empire féminin.
Mille-feuille : dessert des dieux.
Mont de Vénus : appartient à la géographie des dieux.
Motte : fait voir de toutes les couleurs.

O

Orpheline : forme un trio avec les deux seins.

P

Papaya : fruit-bombe, en cubain.
Pensée-maozédong : prend la connotation de *con*, à la suite d'un
  hallucinant amalgame érotique.
Pertuis : détroit entre deux îles au paradis.

Plissé : à l'image des rayons du soleil, le plissé parisien est célèbre-ville lumière !
Pointure-49 : la plus grande taille de gants.
Popo : *baubo* à l'Oncle Popol de la Caraïbe.

T

Taamoute : le *baubo* des Arabes.
Terrier : plus rose chez les jeunes filles.
T'ieng-t'ing : pic mythique aux monts de K'oen-loen, séjour réputé des Immortels.
Tigre : aime jouer avec le Dragon.
Triangle : protégé de papa-bon-Dieu.
Tunnel : toujours ensoleillé côté jardin.

V

Vulve : parfois dentée.

SEXE DE L'HOMME

A

Alumelle : le sexe des bourgeois.
Ane : petit et intelligent.
Animal-marin : en réalité : sous-marin.
Arbre à pain : bandé à vie.
Attirail-de-poète : la femme y fait son marché aux puces ou des quatre saisons.

B

Baccalauréat : les femmes s'y font parfois recaler.
Bambou : le bon : le taoïste-à-neuf-nœuds.
Bâton : le grand, bien sûr.
Bazar : la femme l'aime en flammes !
Bête : fauve et humaine, selon les goûts.

Bite : magique ou grosse, encore une affaire de goût.
Bonheur-des-dames : sans commentaires.
Braquemart : *le*.

C

Charlie : ou *Charlot*.
Chauve : plus il est grand plus il est émerveillé.
Cerf : Italien à fréquenter au printemps.
Chignole : perceuse portative à main ou électronique.
Chinois : *le chinois* à *sa chinoise*, en argot.

D

Dragon : aime jouer aux échecs chinois avec le Tigre.

E

Élastique : magique, allemand, chinois, etc.
Ennéabite : bite lyrique à neuf nœuds.
Éros : Occidental qui voyage en train chinois.
Espada : Éros espagnol.

F

Flamberge : par attraction de flamme. Mettre flamberge au vent :
    tirer un coup.
Fourbi : tout organe dont on ne peut dire le nom.
Frappard : des femmes l'ont appelé le Père Éternel.
Fuego-de-Dios : autre nom d'Éros en espagnol.
Fusil : les femmes le préfèrent à neuf répétitions!

G

Géométrie : étude des figures intimes.
Gourdin : gros bâton court.

H

Homme-de-bien : sexe du mâle en créole haïtien.
Hsuan-pou : homme-de-bien chinois.

I

Iceberg : c'est du québécois.

J

Jouan-Jouan : joujou impérial en Chine.
Joujou : mécanique merveilleuse dans le langage des demoiselles.

L

L'aventurier : bandé souvent aux étoiles.
Levier : bandant.
Loup-garou : sexe du diable.

M

Manivelle : levier bandant, non coudé à angle droit, à l'aide duquel
    on imprime un mouvement de rotation à l'arbre féminin auquel
    il est embranché. On doit la définition à Jeanette MacDonald.
Marchandise : d'un naturel satanique.
Marteau : souvent fou de son enclume.
Mât de cocagne : sexe d'homme dans le langage des marins.
Méphisto : tuteur légendaire du sexe féminin.
Minuit-midi : maître international.

N

Nœuds : bambou taoïste à neuf nœuds, l'*ennéabite* des Occidentaux.

O

Obélisque : surmonté d'un coq-sorcier ; c'est un monument à la sor-
    cellerie.

P

Papa-œillet : œillet de poète.
Pater-noster : prière préférée du deuxième sexe.
Périscope : la femme le préfère enchanté.
Phare-à-Nana : comme son nom l'indique.
Popaul : le Formidable, le Magnifique, le Tout-Puissant, etc.
Popol : le joujou à tantine Popo ou Pauline Bonaparte.
Pic : instrument pour creuser la terre, réputé plus courbé et plus
  pointu chez les poètes, tradition chinoise.
Pousse-café : alcool que l'on prend après le coït.
Poussoir : bouton qui met en mouvement un mécanisme adolescent.
Priape : grand maestro devant l'Éternel.

Q

Quiquette : nom de baptême du pénis.
Quiqui-joli-cœur : don, Grand d'Espagne au temps de Philippe V.

R

Ramoneur : pour cheminée des fées.
Robinet-des-boit-sans-soif : robinet magique.
Roi-mage : quand la dimension du sexe inspire un respect religieux.

S

Saint Sébastien : subit le martyre en Chine de Mao et dans les socié-
  tés communistes, en général.
Saudade : notion portugaise qui définit à la fois un mal dont on jouit
  et un bien dont on souffre, ce double sentiment étant tendrement
  fécondé par une idéalisation du souvenir comparable au
  Sehnsucht des Allemands.

T

Tête-chercheuse : parfois elle ne cherche pas, elle *trouve* la femme.
Ti-coq-bataille : variété de coq de combat.
Tige : souvent en jade.

Tigre en papier : signe astral du sexe dans l'horoscope chinois.
Tonton Noël : oncle légendaire du vagin (aux U.S.A.).
Totem : ancêtre mythique d'Éros.
Tout-en-Un : ajoutez toujours *Sa Majesté* devant son nom.
Tout-un-poème-épique : pseudonyme du précédent.
Tranchant : dit bien ce qu'il veut dire.

V

Va-tout : préfère vivre au zénith de la femme.
Veine : première de sa classe.
Vibrante : on dit que Pauline Bonaparte, tantine Popo aux Caraïbes,
   l'aimait : nègre et bien vibrante !
Vilebrequin : ou l'art d'être grand-père.
Voit-tout : le *va-tout*, quand il est visionnaire.
Vit : seule arme à feu qui, au lieu de tuer, fait vivre.

Z

Zèbre : dans la Caraïbe, il change de couleur au galop.
Zizi : son *pan-pan* est tout un programme.
Zoizeau : une invention à tante Zaza.
Zoutil : moyen permettant d'exécuter un travail de musicien : à la
   clarinette, à la flûte, à la main, etc.

DU MÊME AUTEUR

Poésie

ÉTINCELLES, Imprimerie de l'État, Haïti, 1945.

GERBE DE SANG, Imprimerie de l'État, Haïti, 1946.

VÉGÉTATION DE CLARTÉS, *préface d'Aimé Césaire,* Pierre Seghers, Paris, 1951.

TRADUIT DU GRAND LARGE, Pierre Seghers, Paris, 1952.

MINERAI NOIR, Présence Africaine, Paris, 1956 (épuisé).

JOURNAL D'UN ANIMAL MARIN, Pierre Seghers, Paris, 1964.

UN ARC-EN-CIEL POUR L'OCCIDENT CHRÉTIEN, Présence Africaine, Paris, 1967 (épuisé).

CANTATE D'OCTOBRE (Éd. bilingue), Institut du Livre, La Havane; La S.N.E.D., Alger, 1968.

POÈTE À CUBA, *préface de Claude Roy,* Pierre-Jean Oswald, Paris, 1976 (épuisé).

POETA A CUBA, *introduction de Ugo Salati* (Éd. italienne bilingue), Edizioni Accademia, Milano, 1973.

EN ÉTAT DE POÉSIE, coll. La Petite Sirène, Éditeurs Français Réunis, Paris, 1980.

RENÉ DEPESTRE, par Claude Couffon, coll. Poètes d'aujourd'hui, Pierre Seghers, Paris, 1986 (Choix de poèmes).

RENÉ DEPESTRE, Aus dem Tagebuch eines Meerestieres, Verlag Volk und Welt, Berlin, 1986 (Éd. bilingue, choix de poèmes).

AU MATIN DE LA NÉGRITUDE, *préface de Georges-Emmanuel Clancier,* Euroeditor, 1990 (Éd. hors commerce).

JOURNAL D'UN ANIMAL MARIN (Choix de poèmes 1956-1990), Gallimard, Paris, 1990.

ANTHOLOGIE PERSONNELLE, *Choix de poèmes,* Actes Sud, Paris, 1993.

Prose

POUR LA RÉVOLUTION POUR LA POÉSIE, *essai*, Leméac, Montréal, 1974.

LE MÂT DE COCAGNE, *roman*, Gallimard, Paris, 1979.

BONJOUR ET ADIEU À LA NÉGRITUDE, *essais*, Robert Laffont, Paris, 1980 (réédité en 1989).

ALLÉLUIA POUR UNE FEMME-JARDIN, *récits*, Gallimard, Paris, 1981 (Bourse Goncourt de la nouvelle, 1982).

HADRIANA DANS TOUS MES RÊVES, *roman*, Gallimard, 1988 (prix Renaudot, 1988).

ÉROS DANS UN TRAIN CHINOIS, *nouvelles*, Gallimard, 1990.

Traductions

LE GRAND ZOO, de Nicolas Guillen, Pierre Seghers, Paris, 1966.

POÉSIE CUBAINE 1959-1966, anthologie (Éd. bilingue), Institut du Livre, La Havane, 1967.

AVEC LES MÊMES MAINS, de Roberto Fernandez Retamar, Pierre-Jean Oswald, Paris, 1968.

UN CATALOGUE DE VIEILLES AUTOMOBILES, de César Fernandez Moreno, Saint-Germain-des-Prés-Unesco, Paris, 1993.

En préparation :

La troisième rive de la rivière,
Mes années à la cubaine,
Un Haïtien dans le siècle, *trilogie autobiographique.*

LES AVEUGLES FONT L'AMOUR À MIDI, *roman.*

PROSE DU GRAND HÔTEL DE L'ABÎME, *récit.*

LA PETITE GALERIE NASSAU, *roman.*
Une gomme pour le crayon de Dieu,
Enfance en colonie pénitentiaire,
Bruit et fureur à Saint-Domingue,
L'année 46 en flammes.

COLLECTION FOLIO

Dernières parutions

Composition Firmin-Didot
Impression Brodard et Taupin
à La Flèche (Sarthe),
le 15 juin 1994.
Dépôt légal : juin 1994.
1er dépôt légal dans la même collection : février 1993.
Numéro d'imprimeur : 6597 J-5.

ISBN 2-07-038597-3 / Imprimé en France.